APPLAUS

Stephan Pörtner
MORDGARTEN

Stephan Pörtner

# MORDGARTEN

KRIMI

Herausgegeben von
Wohnbaugenossenschaften Schweiz,
dem Verband der gemeinnützigen Wohnbauträger

APPLAUS VERLAG

## *Wieso ein «Genossenschaftskrimi»?*

Welcher Vermieter möchte schon, dass seine Siedlung mit Mord und Totschlag in Verbindung gebracht wird? Weshalb also geben die Schweizer Wohnbaugenossenschaften einen Krimi heraus, der in der Genossenschaftsszene spielt?

Nun, weil wir fanden, es ist genau der richtige Weg, um ein grösseres Publikum auf das genossenschaftliche Wohnen und auf die Leistungen der Wohnbaugenossenschaften aufmerksam zu machen: Sie sind diejenigen, die nachhaltige neue Wohnprojekte entwickeln und im überhitzten Immobilienmarkt bezahlbaren Wohnraum anbieten – und eine Gemeinschaft, in der Nachbarn aus verschiedenen Kulturen und sozialen Schichten einander kennen und helfen. Ihre Mitglieder profitieren nicht nur von einem fairen Mietzins, sondern auch von einem hohen Kündigungsschutz und Mitsprachemöglichkeiten. Eigentlich braucht es dringend mehr Genossenschaftswohnungen. Dafür setzt sich Wohnbaugenossenschaften Schweiz, der Verband der gemeinnützigen Wohnbauträger, bei Politik und Gemeinden ein.

Wir freuten uns deshalb sehr, dass Stephan Pörtner sofort zusagte, für uns eine Geschichte zu schreiben, die diese Themen aufgreift. Aber Achtung: Dies ist kein Werbespot. Inhaltlich liessen wir dem Autor freie Hand. Es ist denn auch durchaus keine heile Welt, die Stephan Pörtner beschreibt. Es sei hier betont: Die beschriebene Siedlung ist fiktiv, Ähnlichkeiten mit existierenden Genossenschaften oder Personen sind rein zufällig.

Die Idee zum Krimi entstand 2012, im internationalen Jahr der Genossenschaften. Der Verband der Schweizer Wohnbaugenossenschaften nutzte dieses Jahr für eine schweizweite Kampagne. Dieses Buch soll nicht nur ein Dankeschön sein für alle Baugenossenschaften, die mit Spenden und Aktivitäten dazu beigetragen haben, sondern auch eine Erinnerung an dieses besondere Jahr.

Herzlichen Dank an Stephan Pörtner und den Applaus Verlag, dass sie dieses Experiment mit uns gewagt haben. Wir wünschen allen Leserinnen und Lesern viel Spass mit dieser spannenden Geschichte – und den Wohnbaugenossenschaften, dass ihnen in ihren Siedlungen nichts dergleichen widerfährt ...

Wohnbaugenossenschaften Schweiz
www.wbg-schweiz.ch

**wohnbaugenossenschaften schweiz**
verband der gemeinnützigen wohnbauträger
**coopératives d'habitation Suisse**
fédération des maîtres d'ouvrage d'utilité publique
**cooperative d'abitazione svizzera**
federazione dei committenti di immobili d'utilità pubblica

## Prolog

Auf so etwas ist ja niemand vorbereitet. Wer hält es schon für möglich, irgendwann in einen Mordfall verwickelt zu werden? Ich sicher nicht. Trotzdem ist mir genau das passiert. Mein Name ist Edgar Zingg. Ich bin der Abwart der Genossenschaftssiedlung «Im Moorgarten». Wenn ich Abwart sage, dann stellen Sie sich wahrscheinlich einen Typen im blauen Übergwändli vor, der eine braune Manchesterdächlikappe oder einen schwarzen Lederhut trägt, Stumpen raucht und den ganzen Tag hässig ist. Habe ich recht? Denn so stellen sich doch die Leute in der Schweiz einen Abwart vor. Und so stellen die Kabarettisten in der Schweiz den Abwart auch dar. Seit Jahrzehnten. Ganz so, als sei die Zeit in den 1970er Jahren stehengeblieben. Wenn einer als Abwart verkleidet auf die Bühne kommt, dann weiss das Publikum gleich: Jetzt wird es lustig, jetzt kommt ein leicht beschränkter Oberspiesser, über den man lachen kann. Denn dieser Typ sieht nicht nur bireweich aus, er ist natürlich total kleinlich, engstirnig und regt sich über alles auf. Da lacht das Publikum, und jeder freut sich, weil man sich einbildet, selbst nicht so spiessig zu sein.

In Wirklichkeit ist dieses Klischee das Einzige, worüber ich mich als Abwart aufrege. Ich entspreche ihm nämlich überhaupt nicht. Tut mir leid. Nur das mit der Dächlikappe stimmt. So eine trage ich ständig, wenn auch selten eine aus Manchesterstoff. Ich habe etwa fünfundzwanzig verschiedene Modelle im Schrank. Solche Mützen haben einfach Stil. Die trug ich schon, bevor ich Abwart wurde, und das ist mehr als dreiundzwanzig Jahre her. Davor habe ich studiert. Ich habe sogar einen Abschluss. Ich bin Historiker, lic. phil I. Abwart bin ich aus purem Zufall geworden, und hässig bin ich ganz selten, aber an jenem kühlen Morgen im Frühsommer, an dem diese schlimme Geschichte ihren Anfang nahm, war ich nah dran, es zu werden. Denn als ich von meiner Wohnung in der Nummer 20 über den Hof ging, um in mein Magazin zu gehen, das sich an der Stirnseite des Hofs befindet, sah ich, dass bei dem Festtisch vor der Nummer 28 eine zerbrochene Flasche lag. Da hört bei mir der Spass auf. Scherben im Hof, vor allem am Morgen, wenn die Kinder in die Schule und in den

Chindsgi aufbrechen, das geht gar nicht. Deshalb machte ich von der zerbrochenen Weinflasche mit meinem Natel ein Foto. Damit ich einen Beweis hatte, um dem Schuldigen später ins Gewissen reden zu können. Es gibt klare Grenzen. Wir in unserer Siedlung sind tolerant. Es wohnen die verschiedensten Leute zusammen, da kommt man nicht weit, wenn man allen alles verbieten will. Aber es gibt immer wieder Leute, die meinen, wo nicht alles verboten ist, da sei alles erlaubt. Und in der letzten Zeit hatte es hin und wieder mal Vorfälle gegeben. Und so hatte ich mir vorgenommen, mit ein paar Leuten wieder einmal ein ernstes Wort zu reden.

Ich machte also das Foto und wollte ins Magazin hinübergehen, um Handschuhe, Kübel und Besen zu holen, als ich sah, dass da einer neben dem Tisch auf dem Bauch lag. Ich hatte ihn vorher nicht bemerkt, weil er zwischen Hauswand und der Festbank lag, und nun freute ich mich, den Schuldigen gefunden zu haben.

«*Heda, aufstehen, Gopfertami*», rief ich und trat zu ihm. Er machte keinen Wank. Ich stiess ihn mit dem Fuss an.

«Hallo, aufstehen, das ist hier kein Campingplatz und keine Notschlafstelle.» Keine Reaktion. Ich beugte mich zu ihm hinunter. Am Hinterkopf war das schüttere graue Haar braun verklebt. Blut wahrscheinlich, dachte ich und berührte vorsichtig seinen Arm. Der Körper fühlte sich steif und kalt an. Kein Wunder. Der Mann war tot.

## *1. Kapitel*

Ich beugte mich über den Toten, um dessen Gesicht, das zum Haus gewendet auf dem hellbraunen, gestampften Mulchboden lag, besser sehen zu können. Ich kannte den Mann. Es war Rolf Holliger. Einer von denen, die manchmal blöd taten. Er wohnte nicht in der Siedlung, sondern im Moorgarten 55, einem heruntergekommenen Appartementhaus, das etwa zweihundert Meter weit entfernt von uns lag.

Es gibt ja diese Momente im Leben, in denen man sofort weiss, jetzt ist alles anders. Wenn das Telefon klingelt, die Mutter dran ist und ihre Stimme so komisch tönt, dass sie gar nicht aussprechen muss, dass dem Vater was zugestossen ist. Oder wenn die Freundin, mit der man seit vier Jahren zusammen ist und den Rest des Lebens zusammenbleiben will, sagt: «Du, wir müssen reden.»

So ein Moment war das, als ich Rolf Holliger unter dem Tisch liegen sah, neben zwei Bierdosen. Mir war klar, das hier war kein Unfall, sondern der Anfang einer üblen Geschichte.

Doch ich wischte die Vorahnung vorerst weg, denn mit Bangen und Zaudern, da kommt man nicht weiter, das hilft meist grad gar nichts, das hatte ich gelernt im Leben. Und nun musste ich erst einmal handeln. Die Dinge ins Laufen bringen. Ich rief die Polizei an. Sie versprachen, sofort zu kommen.

Dann ging ich in mein Magazin hinüber, eine umfunktionierte Garage, in der ich eine kleine Werkstatt eingerichtet hatte und alles aufbewahrte, was ich für meine Arbeit brauchte. Ich fand eine Blache, kehrte auf den Hof zurück und legte sie über den Tisch, damit man die Leiche nicht sehen konnte. Dann legte ich den Pfosten um, der grösseren Fahrzeugen die Durchfahrt auf dem Weg, der zwischen den Garagen verlief, versperrte, damit die Polizisten bis zum Tatort vorfahren konnten, und stellte mich schliesslich neben die zerbrochene Flasche, um zu verhindern, dass jemand in die Scherben trat. Ich war kaum dort, da kamen die ersten Kinder aus den Häusern.

«Salü Edi», sagte Toni, der im gleichen Haus wohnte wie ich. «Was stehst du hier herum? Hast du nichts zu tun?»

Die Kinder in der Siedlung gingen alleine in die Schule, sie wurden nicht gefahren.

«Ich warte auf jemanden, Toni», sagte ich. Toni war Tamile und hatte eigentlich einen anderen Vornamen, er hiess Thondamaan. Aber weil das nur seine Eltern, Geschwister und Verwandten richtig aussprechen konnten, hatte sich irgendwann Toni als Rufname durchgesetzt. Auch ich nannte ihn so, obwohl ich mir jeweils Mühe gab, mir die Namen der Leute nicht nur zu merken, sondern sie auch richtig auszusprechen. Das ist eine Frage des Respekts, finde ich. Und ist es nicht so, dass man, wenn man die Leute mit einem verballhornten Namen anspricht oder den Vor- mit dem Nachnamen verwechselt, das Gespräch schon versiebt hat, bevor man überhaupt zu reden begonnen hat. Das habe ich in meiner Hauswartskarriere oft erfahren. Wenn man hingegen der einzige Schweizer ist, der es im Gegensatz zu den Arbeitskollegen und Nachbarn fertigbringt, den Namen einer Person richtig auszusprechen, können sich viele Türen öffnen. Nicht nur Wohnungstüren.

Bei den Kindern aber war das etwas anderes, weil die ihre Namen sowieso abkürzten. Toni war neun Jahre alt und ging in die dritte Klasse. Er war etwas zu dick, verfügte über eine scharfe Beobachtungsgabe und hielt sich mit seinen Ansichten und Erkenntnissen nicht zurück. Er war ein vorlauter, mitunter frecher Junge, aber halt auch charmant und sehr witzig. Drei weitere Kinder kamen aus den Häusern, und als Sina, Anastasia und Noah uns sahen, kamen sie zu uns herüber, um zu sehen, was los war.

«Edi wartet auf jemanden», informierte Toni, und alle vier schauten mich erwartungsvoll an. Ich hatte mich so aufgestellt, dass sie die zerbrochene Flasche nicht sehen konnten, aber mir fiel spontan keine einleuchtende Erklärung dafür ein, warum ich ausgerechnet hier herumstand und auf wen ich wartete. Immerhin hatte ich gerade einen Toten gesehen. Ich hoffte, die Kinder würden von allein verschwinden.

«Hast du endlich eine Frau gefunden? Kommt sie dich besuchen?», fragte Toni.

Anastasia lachte. Es war ein helles, fröhliches Kinderlachen, das ein wenig höhnisch klang. Wie Kinder halt lachen, wenn jemand etwas völlig Undenkbares sagt.

Anastasia war zehn. Ihr Vater kam aus Nigeria, ihre Mutter aus Unteriberg. Ihre Eltern hatten sich bei einem Besuch im Kloster Einsiedeln kennengelernt und ein Jahr später geheiratet.

Anastasia war spindeldürr und für ihr Alter sehr gross. Sie konnte das Rad schlagen, auf Händen gehen, die Brücke und allerlei andere gymnastische Verrenkungen vollführen, bei denen meine alten Knochen schon vom Zuschauen knirschten. Bei einigen ihrer akrobatischen Übungen hatte ich gar den Verdacht, dass sie gegen die Gesetze der Physik verstiessen.

Die Kinder wandten sich von mir ab, als der Streifenwagen auf den Hof gefahren kam.

«Edi, hast du einen Blödsinn gemacht», fragte Asta und schaute mich an, als ob es für mich am besten wäre, es gleich zuzugeben.

«Der Edi muss in den Knast», stellte Noah trocken fest. Er war erst sieben, zurzeit der einzige Erstklässler in der Siedlung und ebenso vorlaut wie Toni. Seine Eltern stammten beide aus dem Kanton und waren hierhergezogen, als der zwei Jahre ältere Bruder von Noah zur Welt kam.

«Müsst ihr nicht in die Schule?», fragte ich ungeduldig. «Es läutet in fünf Minuten. Ihr müsst euch beeilen.»

Sina zückte ihr iPhone. «In acht», sagte sie. Sina war zwölf und ging in die sechste Klasse. Ihr Vater stammte aus Ostdeutschland, ihre Mutter aus Meilen.

«Eben, ihr schaut besser, dass ihr vorwärtskommt.»

Die vier sahen mich an und setzten sich langsam und widerwillig in Bewegung.

«Klappe halten, dann passiert dir nichts», sagte der kleine Noah zum Abschied.

«Wir kommen dich besuchen im Knast», versicherte Toni.

Ich seufzte. «Ich muss nicht in den Knast. Ich erzähl euch später, warum die Polizei da ist. Macht jetzt endlich, dass ihr in die Schule kommt.»

«*De Edi muss id Chiste, de Edi chunt is Loch*», sangen sie, während sie langsam davontrotteten, und auch die Kinder, die sich ihnen anschlossen, sangen mit, ohne die genauen Umstände zu erfragen.

Beim Polizeiauto blieben die Kinder noch einmal stehen und bewunderten es eingehend. So etwas sahen sie nicht alle Tage.

Früher hatte unser Quartier keinen guten Ruf. Rund um die Genossenschaft herum waren in den Sechzigerjahren Mietkasernen hochgezogen worden. In den oft schlechtgebauten Häusern wohnten die Arbeiter und Gastarbeiter der umliegenden Industriebetriebe, die sich während der Nachkriegszeit und der Hochkonjunktur in der Gemeinde etabliert hatten. Als diese nach und nach schlossen, ging es mit dem Quartier bergab. Unsere Agglomerationsgemeinde bekam einen schlechten Ruf, und der Moorgarten, wie nicht nur die Siedlung, sondern das ganze Viertel hiess, galt als besonders schlimm. Darunter hatte natürlich auch unser Ansehen gelitten. Ein Mädchen wie Sina hätte damals nicht hier gewohnt. Undenkbar, dass ein Ehepaar wie die Keller-Kochs mit ihren Kindern in unsere Siedlung gezogen wären. Der Vater, Dieter Koch, arbeitete in der Stadt, an der Uni. Was genau, hatte ich nie kapiert. Die Mutter, Helene Keller-Koch, hatte Politologie studiert und eine Zeitlang für eine namhafte Werbeagentur gearbeitet. Jetzt kümmerte sie sich um die beiden Kinder und einen Haufen anderer Dinge. Sie trug eine grosse Brille, die so aussah wie früher die Kassengestelle, aber sie war von Tom Ford, und nur das Gestell hatte schon fast tausend Franken gekostet, wie ich einem zufällig mitgehörten Gespräch entnommen hatte.

Unterdessen waren die alten Blockwohnungen abgerissen oder saniert worden, und unsere Vorortsgemeinde, einst als Agglo gemieden, war regelrecht am Boomen. Und der Hauptgrund war der, dass die Wohnungen in der Stadt nahezu unbezahlbar geworden waren. Dabei hatten die Vorteile schon immer auf der Hand gelegen: Es war nicht weit in die Stadt, es gab gute ÖV-Verbindungen und man wohnte im Grünen. Auch der Wald war nicht weit.

Die Wohnbaugenossenschaft hatte die Zeichen der Zeit früh erkannt. Vor acht Jahren war die Siedlung saniert worden. Grosse Balkone waren angebaut worden, und jede Wohnung hatte ein richtiges Bad erhalten. Vorher hatte es in den Wohnungen nur Duschen gehabt. Ein paar der älteren Mieter waren nach der Sanierung nicht zurückgekehrt, dafür waren junge Familien eingezogen.

«Salü Edi», begrüsste mich Winterhalder. «Was ist passiert?» Wir kannten uns gut. Winterhalder war seit fünfundzwanzig Jahren Gemeindepolizist und unterdessen Postenchef. Winterhalder hatte lange Zeit keine Sympathien für die Leute aus unserem Quartier gehabt. Genauso wenig wie für mich.

In meinen ersten Jahren als Abwart musste ich die Polizei immer wieder mal wegen eines aufgebrochenen Kellers, eines geklauten Mofas oder kleinerer Sachbeschädigungen aufbieten. Winterhalder war damals ziemlich unmotiviert und gab mir zu verstehen, dass man mit diesen Dingen rechnen müsse, wenn man hierherziehe. Meinen Einwand, dass die Genossenschaft und viele der Mieter schon da gewesen waren, bevor die Probleme losgingen, ignorierte er geflissentlich. Ihm war das Hans was Heiri.

Winterhalder missfielen damals nicht nur mein Äusseres und mein Lebensstil, er hegte auch ziemliche Ressentiments gegenüber allen, die nicht aus der Schweiz stammten. «Wenn man das Pack ins Land lässt, muss man sich nachher nicht wundern», war seine Meinung, die er auch ungefragt kundtat. Ich sah das anders, und so hatten wir lange ein eher gespanntes Verhältnis. Doch mit der Zeit gewöhnte man sich aneinander, und als es vor ein paar Jahren vor allem Leute aus der Genossenschaft gewesen waren, die sich für die Erhaltung des Polizeipostens eingesetzt hatten, den die Gemeinde aus Spargründen hatte aufheben wollen, war Winterhalder gerührt und änderte seine Meinung. Vorträge über die schädlichen Multikulti-Phantastereien der Linken und Netten hielt er schon länger nicht mehr, sondern lobte uns sogar hin und wieder, weil es bei uns weniger Probleme gab als anderswo. Vielleicht hatte es auch damit zu tun, dass seine Tochter einen Mann aus Mazedonien geheiratet hatte. Auf alle Fälle war er der Siedlung gegenüber nun wohlgesinnt, und wir kamen gut miteinander aus.

«Hoi Edi», auch Sandra Brunner nickte mir kurz zu. Sie war die stellvertretende Postenchefin oder so etwas. Bei den Rängen der Polizei blickte ich ehrlich gesagt nie ganz durch. Auf alle Fälle war sie Winterhalders rechte Hand, und einer von beiden war meist auf dem Posten, denn die Schliessung des Gemeindepolizeipostens hatte zwar verhindert werden können, aber der Dienst war trotzdem reduziert worden. Der Posten war nur unter der Woche geöffnet, am Wochenende gab es lediglich einen Pikettdienst, oder die Kantonspolizei kam.

Sandra Brunner war Ende dreissig, ihre dunkelbraunen Haare hatte sie zu einem Rossschwanz zusammengebunden. Ihre braunen Augen schauten streng, sehr streng sogar. Sie wusste sich Respekt zu verschaffen. Nicht nur mit Worten, wenn es sein musste, konnte sie auch zulangen. Sie trainierte regelmässig Krav Maga und beherrschte Schlag- und Tritttechniken, die jeden umhauten, der nicht selbst Kampfsport betrieb.

Das wusste ich so genau, weil ich auf sie stand. Wir hatten uns vor etwa vier Jahren einmal an einem Motörhead-Konzert getroffen. Im Gegensatz zu ihr war ich nicht wirklich ein Metal-Fan. Ich hatte mich in jungen Jahren mit Punkmusik sozialisiert, ohne je echter Punk gewesen zu sein, aber Motörhead schauen gehen, das war etwas, das auch mich begeisterte. Früher hatte ich zu solchen Anlässen immer meine engsten Jeans angezogen, weil ich das Gefühl so sehr mochte, wenn sie flatterten und gleichzeitig eng anlagen. An jenem Abend trug ich keine engen Jeans, und es flatterte auch nichts, weil es da bereits diese Regel gab, dass es an Konzerten nicht mehr allzu laut sein durfte. Wer heutzutage einen Ohrenschaden will, muss sich einen Laubbläser kaufen.

Ich stand ziemlich weit hinten, was an meinem Alter lag, denn von der verschwitzten Menge vorne an der Bühne, die sich gegenseitig die schweissnassen Mähnen ins Gesicht klatschten und mit Bier überschütteten, hielt ich mich inzwischen fern. Entsprechend erschrocken und empört fuhr ich herum, als mir jemand hart den Ellbogen in die Rippen rammte, so dass ich mein halbes Bier verschüttete. Aber statt eines Rüpels stand eine Frau vor mir, die mir zwar bekannt vorkam, die ich aber nicht einordnen konnte. Braune Augen, braune Locken, Lederjacke, enges T-Shirt, noch engere Jeans. Erst als sie streng zu schauen begann, weil ich sie nicht erkannte, fiel der Zwanziger: Sandra Brunner. Wow.

«Was machst du denn hier?», fragten wir beide gleichzeitig und lachten synchron. «Ich muss sagen, das hätte ich dir nicht zugetraut.

Ich hätte jetzt eher gedacht, du hörst Liedermacher und Mundartrock», grinste Sandra.

«Wie man sich täuschen kann. Ich dachte, Polizisten hören alle volkstümliche Schlager oder House-Musik.»

«Wäh», schrie sie und stiess mich freundschaftlich mit der Faust gegen die Brust. Von der Wucht stolperte ich rückwärts und wäre wohl hingefallen, doch sie hielt mich am Arm fest, worauf ich auch noch den Rest meines Bieres verschüttete.

«Was ist, willst du auch eins? Meins jedenfalls ist leer», fragte ich.

Wir gingen zusammen an den Bierstand, und als ich nach fünf Minuten immer noch nicht weiter vorgedrungen war, sagte sie: «Lass mich!» Ich drückte ihr das Geld in die Hand, und wenig später stand sie mit zwei grossen Bechern wieder vor mir. Wir stiessen an.

«Komm, wir gehen nach vorne», sagte sie und zog mich hinter sich her. Widerstand war zwecklos. Zum Glück hielt sie nicht erst am Bühnenrand an. Wir fanden ein Plätzchen im vorderen Drittel und bald schüttelte sie ihre Mähne, und ich nickte mit dem Kopf, so lang und so schnell, dass mir nachher noch tagelang der Nacken weh tat.

Nachdem das Konzert zu Ende war, standen wir erschöpft und irgendwie selig beduselt rum.

«Gehen wir noch eins trinken?», fragte ich.

«Was heisst hier eins?», grinste sie. «Ich muss mich nur noch von Rob und Joe verabschieden, komm.» Sie zog mich hinter sich her, bis sie einen grossen Typen mit langen roten Haaren entdeckte, dem sie zuwinkte. Neben ihm stand ein etwas kleinerer, ziemlich fester Mann mit kurzen braunen Haaren und in einem alten Coroner-T-Shirt. Die drei redeten kurz, ich stand ein wenig abseits.

«*Tschou Sändi, tusch nid z wuid*», sagte der lange Rothaarige. Sie grinste und küsste die beiden zum Abschied auf die Wangen. Wir verliessen das Konzertlokal. «Sändi?», fragte ich.

Sie winkte ab. «Das waren mein älterer und mein jüngerer Bruder. Zwei von vieren. Sie sind die Einzigen, die mir Sändi sagen. Sie dürfen das. Du nicht.»

Sie hakte sich bei mir unter. Sie war warm und leicht verschwitzt, und als wir ins Freie kamen, wo es windig und kühl war, drückte sie sich fester an mich. Sie kannte eine Beiz in der Stadt, wir mussten ein Stück gehen. Als wir angekommen waren, bestellten wir zwei Grosse und kamen ins Reden.

«Hast du einen Freund?», fragte ich nach dem dritten Bier.

«Würde ich dann allein an ein Motörhead-Konzert gehen?», gab sie zur Antwort. «Nein, ich bin Single, schon seit längerem.»

Sie rollte die Augen. «In meinem Job ist es recht schwierig, eine Beziehung zu haben, vor allem als Frau. Es ist halt eine eigene Welt, die Polizei, da haben viele Vorurteile dagegen. Ausserdem ist nicht allen wohl mit einer Frau, die ihnen körperlich überlegen ist und mit Waffen umgehen kann. Viele meiner Kolleginnen haben Affären mit älteren, verheirateten Polizisten.»

«Willst du damit sagen, dass du etwas mit Winterhalter hast?»

Sie trat mich gegen das Schienbein, und es tat höllisch weh, weil sie Motorradstiefel trug. Sie merkte, dass sie zu heftig gewesen war, und nahm meine Hand.

«Sorry, aber das war saufrech. Nein, mein Problem ist natürlich auch, dass ich wählerisch bin. Mir gefallen meist die böseren Jungs, und die wollen erst recht keine Polizistin. Wie sieht es denn bei dir aus? Hast du eine Freundin?»

Ich schüttelte den Kopf. «Nein, ich bin auch schon seit längerem Single. In meinem Beruf ist es ebenfalls nicht einfach. Eine der sichersten Methoden, Frauen zu vertreiben, ist, auf die Frage: ‹Und, was machst du?› zu antworten: ‹Ich bin Abwart.›»

Sie lachte. Sie hatte ihre Hand nicht weggenommen. Ich auch nicht. Wir landeten bei ihr. Sie wohnte in der Nachbargemeinde, die grösser und anonymer war, in einer ziemlich lieblosen, modernen Überbauung. Der nächste Tag war ein Sonntag. Wir pendelten zwischen ihrer Küche, wo wir uns mit Eiern, Speck, Toast und allerlei Snacks stärkten, und ihrem Bett.

Weil sie am Montag früh rausmusste, schmiss sie mich nach einer Tiefkühlpizza am Sonntagabend raus.

«Das hat gutgetan», sagte sie. «Ich melde mich.»

Ich verstand, dass das hiess, ich solle ihr nicht auf die Pelle rücken und mir keine Illusionen machen. Ich hielt mich daran, und sie rief tatsächlich hin und wieder an. Wir gingen an Konzerte. Wir tranken Bier. Wir gingen manchmal zu ihr und schliefen miteinander. Bei mir trafen wir uns nie. Logisch, man kannte sie hier. Mich hingegen kannte niemand, und man beachtete mich auch nicht, wenn ich den anonymen Block betrat und in ihrer Zweieinhalbzimmerwohnung verschwand, die bis auf eine ziemlich potente Stereoanlage und eine Budweiser-Neonreklame im Wohnzimmer keinen persönlichen Stil erkennen liess. Die Möbel kamen allesamt aus Schweden.

Leider wurde nichts aus Sandra und mir. An mir lag es nicht, ich hatte mir was Dauerhaftes gewünscht und mit ihr vorstellen können, aber ich war nicht ihr Typ, sie mochte mich. Mehr war nicht. Ich war ein guter Kumpel. Ein *friend with benefit,* mit dem sie manchmal das Bett teilte. Eineinhalb Jahre waren mittlerweile seit ihrem letzten Anruf vergangen. Dass ich es zwischendurch mal bei ihr versucht hatte, war keine gute Idee gewesen.

«Drüben beim Festtisch liegt ein Toter», sagte ich, nachdem ich Sandra ein wenig zu lange angeschaut hatte. Sie hatte abgenommen, ihr Gesicht wirkte dadurch kantiger und härter. «Es ist Rolf Holliger.»

«Bist du sicher, dass er nicht nur besoffen ist», fragte Winterhalder.

Ich trat zum Tisch und nahm die Blache weg.

«Nein», sagte ich, «der ist tot.»

«Oha», sagte Winterhalder.

Sandra kniete sich neben den Tisch und betrachtete den Toten aufmerksam.

«Er hat eine Kopfwunde. Da müssen wir die Kripo holen.»

Sie stand auf. «Ist dir sonst noch etwas aufgefallen?»

«Da vorne liegt eine zerbrochene Weinflasche.»

«Du hast hoffentlich nichts angefasst?»

«Nein», sagte ich. «Ich hab nur den Tisch abgedeckt, damit die Kinder nichts sehen, ich wollte ihnen das ersparen.»

Sie nickte. In ihrem Blick lag eine winzige Spur Anerkennung.

Vereinzelt schauten Leute aus den Fenstern. Sandra ging zum Streifenwagen und setzte den Funkspruch ab und zündete sich eine Zigarette an. Seit ich sie kannte, hatte sie mehrmals versucht, damit aufzuhören. Aus der Nummer 16 kamen ein paar Vorschulkinder. Der Kindergarten war nur wenige Hundert Meter weit entfernt, und sogar die Kleinen gingen diesen Weg selber. Bevor sie etwas sehen konnten, führte ich sie vom Hof.

Danach warteten wir auf die Kripo, Winterhalder stand in der Nähe des Toten, und ich ging ein paar Meter und gesellte mich schliesslich zu Sandra. «Alles klar?», fragte ich.

Sie blies Rauch aus und sah mich an.

«Alles klar», sagte sie. Es klang nicht überzeugend.

Eine halbe Stunde später fuhr ein Beamter in Zivil auf den Hof, stieg aus seinem Wagen, schaute sich grusslos um, und nur wenige Augenblicke später folgten die Fotografen und die Spurensicherung, die mit einem rot-weissen Plastikband einen Teil des Hofes absperrte. Der Leichenwagen traf ein. Der Fahrer manövrierte den fensterlosen Kleinbus um die geparkten Autos und brachte sich in Position. Ein Töff röhrte auf den Hof. Auch das noch, dachte ich.

«Das ist Stahl von der Kripo», sagte Winterhalder.

Der Mann bockte seine Harley auf. Er stieg ab und zog den Helm aus, was rein optisch keinen grossen Unterschied machte, denn darunter kam ein runder und kahlrasierter Schädel zum Vorschein. Mir kamen die russischen Matrjoschka-Puppen in den Sinn, jene Figuren, in deren Inneren sich weitere, kleinere Figuren verbergen. Wobei weder der Kopf klein war, noch der Mann. Er war gross und breit, trug Jeans, Motorradstiefel, eine braune Lederjacke und um den Hals ein rotes Glarnertüchli, das er auszog, während er auf uns zukam. Er nickte Sandra kurz zu, die eine weitere Zigarette zu Boden warf und austrat. Während Stahl zu uns herüberkam, studierte ich aufmerksam sein Gesicht. Er hatte grüne Augen und trug einen dieser seltsamen, winzigen dreieckigen Kinnbärtchen. Das sah bescheuert aus, fand ich, aber es gab bestimmt eine Menge Frauen, die das attraktiv fanden. Ohne mich eines Blickes zu würdigen, trat er vor Winterhalder und drückte ihm die Hand.

«*Watts öp?*», fragte er lässig. «Was ist passiert?»

Winterhalter erklärte ihm, dass beim Tisch drüben ein Toter lag und dass ich ihn gefunden hatte.

Stahl drehte sich langsam zu mir um. Er sah mich an, als hätte ich etwas angestellt, das er mir für einmal knapp durchgehen lassen wollte. Mit einem überlegenen Lächeln streckte er mir die Hand hin. Ich nahm sie, und er hatte, wie erwartet, einen viel zu festen Händedruck. Er war sicher gut zehn Jahre jünger als ich und wahrscheinlich doppelt so stark, aber ich hielt ganz passabel dagegen. Immerhin arbeitete ich oft mit den Händen und versuchte fit zu bleiben. Jeden Samstag ging ich zehn Kilometer rennen. Fast jeden Samstag. Gut, diesen Winter über hatte ich es vernachlässigt, und der Frühling war verregnet gewesen, aber am nächsten Samstag würde es bestimmt wieder so weit sein.

«Dan Stahl, Kriminalpolizei», stellte er sich vor, noch immer meine Hand quetschend. Er sprach den Vornamen Englisch aus: *Dän.* «Ich leite die Ermittlungen.»

«Edi Zingg, freut mich», antwortete ich.

«Braucht es uns noch?», fragte Winterhalder.

«Nein, von mir aus nicht», sagte Stahl. Winterhalder nickte mir zu, und ich wollte Sandra ein Zeichen geben, ihr kurz zum Abschied winken, aber Stahl stand direkt vor mir. «Kommen Sie, Herr Zingg, lassen wir die Leute ihre Arbeit machen. Wir sprechen dort drüben weiter.»

Auf dem Hof hatten sich unterdessen immer mehr Leute eingefunden. Frauen, Männer und Kinder. Sie schauten teils interessiert, teils erschrocken. Ich war froh, dass man von der Absperrung aus, an der auch ich mit Stahl mittlerweile stand, die Leiche nicht sehen konnte. Sie war zuvor von allen Seiten fotografiert und mit einer Nummer versehen worden. Die Leiche hatte die Nummer 1 bekommen, andere Nummerntäfelchen standen bei der zerbrochenen Weinflasche, den Bierdosen, die unter dem Tisch lagen, und an Stellen, an denen zumindest für mich nichts Auffälliges zu sehen war.

«Sie haben den Toten gefunden?», fragte Stahl.

«Ja», sagte ich und erzählte, was ich gesehen und getan hatte. Ich sprach von den Scherben, von Rolf Holliger unter dem Tisch und dass ich ihn zugedeckt hatte, als ich mir sicher gewesen war, dass er nicht mehr lebte.

«Sie wohnen also hier?»

«Ja, natürlich, ich bin der Abwart hier.»

«Abwart?», fragte Stahl. «Heisst das heute nicht *Facility Manager*?» Er schien die Frage ernst zu meinen.

«Bei uns nicht», sagte ich.

Er zuckte mit den Schultern.

«Ist Ihnen sonst etwas aufgefallen, heute Nacht oder am frühen Morgen?»

«Nein, mein Schlafzimmer geht auf die Wiese hinaus, ich wohne da drüben.» Ich deutete auf das Haus Nummer 20. Die Siedlung hatte eine eckige U-Form. Wir standen vor der Nummer 28, die zusammen mit der 26 die rechte Flanke bildete, gegenüber waren die 16 und die 18. An der Stirnseite stand mein Haus, dann die 22 und die 24.

«Hat sonst jemand etwas gesehen?»

«Ich weiss es nicht», sagte ich, «ich habe mit niemandem gesprochen.»

Dan Stahl wies auf die Leute, die herumstanden. «Fragen Sie doch einmal herum und schicken Sie mir die Leute, die etwas gesehen oder gehört haben.»

Eigentlich wollte ich sagen, dass ich nicht Hilfspolizist und auch noch anderes zu tun hatte, aber Stahl, das musste man ihm lassen, strahlte jene natürliche Autorität aus, die in einem das Bedürfnis auslöste, es ihm recht zu machen, obwohl man eigentlich viel lieber einen Kaffee getrunken hätte.

«In Ordnung», seufzte ich. Stahl schwang lässig sein Bein über das Plastikband. Er schwang das Bein dreissig Zentimeter höher als nötig. Das wies darauf hin, dass er erstens eine Kampfsportart betrieb und zweitens Stretchjeans trug. Denn sein Paar war ziemlich eng, ähnlich eng wie die Hosen, die ich früher an Motörhead-Konzerten getragen hatte. Aber er trug sie, da war ich mir sicher, ausschliesslich, um der Damenwelt und den weniger gut gebauten Geschlechtsgenossen seinen Knackarsch zu präsentieren.

Mir war das einerlei, aber ich hätte mich dennoch diebisch gefreut, wenn dieser Beinschwung mit einem lauten Krachen der Naht im

Schritt beantwortet worden wäre, aber die Modeindustrie war innovativ und gönnte unsereins nicht den kleinsten Spass.

Ich trat zu dem Anwohner, der mir am nächsten stand. Es war Marko Stipanovic. Obwohl er nicht gerade sportlich wirkte, und ich ihn noch nie bei der Ausübung irgendeiner wie auch immer gearteten sportlichen Tätigkeit gesehen hatte, trug er immer einen Trainingsanzug. Marko arbeitete bei einem dieser Paketdienste und musste zur Arbeit schwarze Hosen und ein buntes T-Shirt mit dem Firmenlogo darauf tragen. Wer wollte es ihm verübeln, dass er sich in der Freizeit anders kleidete. Er arbeitete unregelmässig, manchmal frühmorgens, dann wieder erst ab Mittag, dafür bis spät am Abend.

«Wer ist es?», fragte er. Die anderen Nachbarn drängten sich um uns herum. Ich kannte alle. Alle kannten mich, denn wir lebten in einer Genossenschaftssiedlung, nicht in einer anonymen Überbauung, und ich war ihr Hauswart und einer der ältesten Mieter. Hier redete man noch miteinander, und ich bildete mir ein, dass ich durch die Art und Weise, wie ich meinen Beruf ausübte, zu dieser Kultur beigetragen hatte. Ich war nämlich davon überzeugt, dass das Zusammenleben besser funktionierte, wenn man sich respektierte und miteinander redete. Deshalb hielt ich zu allen Kontakt und probierte auch die Bewohner miteinander bekannt zu machen, die von sich aus nicht das Gespräch miteinander gesucht hätten. Es mussten nicht alle Freunde sein oder gleicher Meinung, fand ich. Nicht einmal verstehen musste man alles, was die anderen taten und dachten, aber das verschiedene Kulturen zusammenlebten, war kein Konzept, sondern eine Tatsache, und es war schlicht eine Notwendigkeit, gut miteinander auszukommen. Die Erwachsenen taten sich manchmal schwer damit. Ganz im Gegensatz zu den Kindern, deren Zusammengehörigkeitsgefühl viel ausgeprägter war.

Wir standen vorne an der Stirnseite des Hofs, bei den offiziellen Picknicktischen. Die Festtischgarnitur, unter der ich Holliger gefunden hatte, stand am unteren Ende des Hofes.

«Der Rolf Holliger», sagte ich.

«Dieser Trunkenbold?», fragte Werner Tschopp, ein Mann, der erst vor kurzem seinen vierundsiebzigsten Geburtstag gefeiert hatte.

Er war nicht nur einer der ältesten Mieter, er wohnte auch von allen am längsten in der Siedlung. Der einfache Magaziner und Sozialdemokrat hatte sehr unter den schlechten Zeiten des Quartiers gelitten, da er fast sein ganzes Leben hier verbracht hatte.

«Der wohnt doch gar nicht hier.» Helene Keller-Koch, die Mutter von Sina und ihrer jüngeren Schwester Melanie, meldete sich zu Wort. Ich war mir nicht ganz sicher, ob in ihrer Stimme ein Vorwurf oder so etwas wie Enttäuschung mitschwang.

«Nein», bestätigte ich. «Er wohnt in der 55 unten.»

«In diesem Sozialbunker», sagte Tschopp verächtlich.

«Die Polizei will wissen, ob jemand etwas gesehen oder gehört hat. Wer etwas weiss, soll sich bei dem Herrn da melden.» Ich zeigte auf Stahl, der mit der Rechtsmedizinerin in ein Gespräch vertieft war.

Marko wandte sich ab. «Ich red nicht mit der Polizei», sagte er.

«Weisst du denn etwas?», fragte ich.

Er zuckte mit den Schultern. «In dem Fall nicht.»

Er entfernte sich und ging über den Hof und verschwand im Treppenhaus der Nummer 16.

«Sie haben gestern Abend hier getrunken.»

«Wer?»

«Ja, der Wirz halt, und der Holliger, den hab ich auch gesehen.»

«Die hocken ja viel da, kaum ist es warm. Gestern war es schön warm», sagte Tschopp, «aber es hat Streit gegeben.»

«Es gibt doch immer Streit», mischte sich Helen ein.

«Und dann vertragen sie sich wieder, und alles ist gut», sagte ich, und während ich das aussprach, wurde mir bewusst, dass es dieses Mal anders gewesen sein musste.

«Der Wirz ist schon recht. Der Holliger war es, der sich mitunter aufgeführt hat wie der letzte Rüpel», sagte Tschopp.

Damit hatte er recht. Wirz war eigentlich ein feiner Kerl. Er trank nur zu viel. Ich hatte Georg Wirz noch als fürsorglichen Familienvater kennengelernt, der mit seiner schönen Frau und den zwei Kindern in der Fünfzimmerdachgeschosswohnung der Nummer 24 wohnte. Er besass seinerzeit ein gutlaufendes Graphikatelier, wo er hochwertige Kunstbücher und Plakate gestaltete. Er war das, was man einen

Bohemien nannte. Ich sehe ihn noch genau vor mir. Die Locken fielen ihm bis auf die Schultern, er trug einen imposanten Schnurrbart, der damals längst aus der Mode war.

Doch dann begannen die Probleme. Es gab immer häufiger Streit bei den Wirz'. Es hiess, er habe Affären. Es hiess, er trinke zu viel. Tatsächlich kam er oft erst sehr spät oder gar nicht nach Hause. Eines Tages zogen die Frau und die Tochter aus. Nur der Sohn hielt zu ihm. Sie zogen zusammen in eine Dreizimmerwohnung im zweiten Stock der Nummer 26. Als der Sohn nach der Lehre ebenfalls auszog, zügelte er abermals, und die kleine Zweizimmerwohnung im Parterre der Nummer 28, in der er fortan lebte, war das Sinnbild seines Abstiegs. Aus dem dynamischen Bohemien war innerhalb von zehn Jahren ein alter, gebrochener und einsamer Mann geworden, der täglich mehr trank. Den Schnauz und die Locken hatte er noch, aber sie waren längst schütter und grau geworden. Seit die letzte typische Beiz, das *Pöstli*, geschlossen hatte, sass er oft alleine in seiner Wohnung. Im Frühling des vorangegangenen Jahres hatte er eines Tages dann diese Festtischgarnitur aufgestellt, wo er fortan, wenn es das Wetter zuliess, abends sass und trank. Manchmal setzte ich mich zu ihm, manchmal gesellte sich ein Nachbar für ein paar Worte an seinen Tisch. Er freute sich über Gesellschaft und hatte es nicht gern, wenn man ging. Er trank mit denen, die mit ihm tranken. Das waren dann immer öfter Leute aus dem Appartementhaus, in dem auch Holliger gewohnt hatte, und das sahen nicht alle Leute in der Siedlung gern.

Im Sommer wurden die beiden offiziellen Tische und der grosse Grill viel genutzt. Oft sassen mehrere Familien gemeinsam draussen, die Kinder tobten durch den Hof, und es herrschte eine fast mediterrane Stimmung, und man vergass leicht, dass man sich im Schweizer Agglomerationsgürtel befand. Es war richtig schön. Wirz und seine Säuferkumpane sassen in der entgegengesetzten Ecke des Hofes, und alle kamen gut aneinander vorbei.

«Der Wirz ist schon recht», sagte Tschopp noch einmal mit Nachdruck und riss mich damit aus meinen Gedanken.

Ich schaute zu Stahl hinüber. Er nickte mir zu.

«Der Mann von der Kripo ist nun bereit», sagte ich.

«Gut, ich habe nämlich etwas gehört», antwortete Tschopp nicht ohne Stolz. «Ich höre nämlich immer noch gut. Nur mit dem Sehen ist es nicht mehr wie früher.»

Während Tschopp mühselig über das Plastikband stieg, duckte sich Helen elegant unter der Absperrung durch und überholte ihn so. Sie war schlank und tat etwas dafür. Sie ging regelmässig rennen und trug dabei gerne enganliegende Sportbekleidung, die so gar nichts mit den Trainingsanzügen gemein hatte, die Leute wie Marko bevorzugten. Ausserdem gab sie im Gemeinschaftsraum der Siedlung einen Yogakurs, an dem viele der Frauen, die hier wohnten, teilnahmen. Eine alleinerziehende Mutter, die im selben Haus wie Helen wohnte, nannte sie mir gegenüber einmal das Power-Mami der Siedlung, und das traf wohl zu.

Ich sah, dass die anderen Nachbarinnen ihr folgten. Ob sie hören wollten, was Helen erzählte, oder sich lediglich dieses Mannsbild von nahem anschauen wollten, war schwer zu sagen.

Die übrigen Bewohner standen unschlüssig herum oder verzogen sich in ihre Wohnungen. Helen redete auf Stahl ein, der immer wieder mal nickte, die anderen standen im Halbkreis um die beiden herum. Es sah aus, als würde ich nicht mehr gebraucht.

Ich nutzte die Gelegenheit und verzog mich in mein Magazin, wo meine geliebte Kaffeemaschine stand. Eine alte Pavoni. Es dauerte eine Weile, bis man sie im Griff hatte, und man brauchte etwas Geduld, sie war ziemlich langsam, aber man wurde für alle Mühen mehr als belohnt. Kaffeekapseln kamen mir nicht ins Haus. Nein danke. Wahrscheinlich hatte Stahl so eine Clooney-Kapselmaschine. Das würde zu ihm passen. Zu mir passte sie nicht. Ich verstand die Leute nicht, die begeistert fünfzig Franken für ein Kilo Kaffee hinblätterten, das obendrein sackweise Abfall verursachte. «Diese Kapseln sind doch so praktisch», sagten sie, wenn man sie danach fragte. Aber dass das Praktische der Feind des Schönen und Guten ist, kam diesen Leuten nie in den Sinn. Dabei brauchte man sich doch bloss Outdoor-Bekleidung anzuschauen, um das zu merken.

Die Maschine passte zu meinem Magazin. Das war, wie schon erwähnt, eigentlich eine Autogarage, man konnte bei Bedarf das

Tor aufklappen. In das Tor war eine Tür eingelassen. Die Tür stand meistens offen, es sei denn, es war zu kalt, oder ich brauchte meine Ruhe. Häufig kamen die Kinder, wenn sie einen Platten am Velo hatten oder irgendetwas am Trottinett klemmte oder am Rollbrett lotterte. Sie kamen auch, wenn sie ein Pflaster brauchten, wenn ihnen langweilig war oder wenn sie darauf spekulierten, eine der diversen eisgekühlten Getränkedosen offeriert zu bekommen, die in meinem kleinen Kühlschrank lagerten. Natürlich könnte man nun einwenden, dass die Dose die Kapsel unter den Getränkegebinden ist, aber eine kühle Dose Cola, das ist eben schon etwas, und diese ökologische Sünde werde ich nie aufgeben, da kann kommen, was will.

Die Erwachsenen suchten mich hier auf, wenn im Treppenhaus das Licht ausgefallen war oder die Waschmaschine nicht ablief oder wenn sie den Schlüssel vergessen hatten. Wer wollte, bekam einen Kaffee, konnte abhocken und mir seine Sorgen klagen oder einen Schwatz halten. Jetzt aber war ich alleine, und das war gut so. Ich trank in Ruhe einen Espresso und dann noch einen zweiten, ehe ich wieder nach draussen trat.

Im Hof wurde gerade ein Zinksarg in den Leichenwagen geladen. Die Spurensicherung entfernte das Absperrband. Die Scherben waren weg, wenn man genau hinsah, erkannte man noch einen dunklen Fleck am Boden, wo die Flasche gelegen hatte. Helen und die anderen Nachbarn waren verschwunden. Die Polizei packte zusammen, das Spektakel war vorüber, der Zirkus verliess die Siedlung. Der Leichenwagen fuhr los und wäre beinahe mit dem grauen Ford Transit zusammengestossen, der auf den Hof gefahren kam.

Der Transit hielt neben der Festbankgarnitur, hupte, und ein uniformierter Polizist stieg aus der Führerkabine. Stahl kam aus dem Haus Nummer 28 und führte Georg Wirz, der den Blick gesenkt hielt, Richtung Fahrzeug. Stahl begrüsste den Polizisten, sie redeten kurz, dann schloss der Uniformierte die Seitentür des Transporters auf, wies Wirz an einzusteigen und schloss die Tür.

Ich trat hinzu. «Was ist los?», fragte ich. «Was ist mit Georg? Wo bringen Sie ihn hin?»

«Auf die Kripo.»

«Warum?»

Stahl schaute mich gelangweilt an.

«Zur Befragung.»

«Ist er ein Verdächtiger?»

«Würden wir ihn sonst mitnehmen?»

Während wir sprachen, fuhr der Transit bereits wieder ab, und Stahl ging zu seinem Töff hinüber. Ich folgte ihm.

Er zog sein Glarnertüchli aus der Tasche und band es um.

«Die Zeugen können im Laufe der nächsten Tage vorbeikommen, um ihre Aussage zu bestätigen und das Protokoll zu unterschreiben. Das gilt natürlich auch für Sie. Kommen Sie in ein paar Tagen bei mir vorbei, damit wir das erledigen können.»

Er fischte ein Kärtchen aus einer der Seitentaschen seiner Lederjacke und reichte es mir. «Am besten rufen Sie vorher an, damit jemand da ist, der Bescheid weiss. Ich selber bin oft *on the road*.»

Er schwang sich auf seinen Töff – es waren definitiv Stretchjeans – stülpte den Helm über den rasierten Schädel und brauste davon.

Ich schaute ihm hinterher.

«Blödmann», sagte ich und ging zur Nummer 28 zurück. Durch das Fenster sah ich, wie zwei Männer in Zivilkleidung die Wohnung durchsuchten. Hin und wieder sprachen sie miteinander oder hoben mit ihren Chirurgenhandschuhen vorsichtig etwas auf und betrachteten es. Ich betrat das Haus. Die Tür zur Wohnung von Wirz stand offen. Ich tat einen Schritt in den Flur, der ziemlich vollgestopft war. Georg Wirz bewahrte, wie so viele, die nichts mehr haben, das wertvoll ist, alles auf, was wertlos war. Bücher, Zeitungen, Schnüre, Einmachgläser, Kartons und Schachteln. Ich ging zwei Schritte auf dem engen Pfad, der verblieben war, und schaute rechts in die Küche. Auf dem Tisch standen noch eineinhalb volle Flaschen Appenzeller. Mit diesem Kräuterlikör hatte er sich um Kopf und Kragen gesoffen. Bis zu drei Flaschen pro Tag. Von all den Drogen und alkoholischen Getränken, von denen man abhängig werden konnte, hatte er sich ausgerechnet dieses Zeug ausgesucht. Warum, blieb sein Geheimnis. Aber so war es. Georg Wirz soff sich mit Appenzeller ins Elend. Zwar hatte er auch immer ein paar Dosen Billigbier im Kühlschrank, doch das diente nur dazu, Gäste anzulocken und bei Laune zu halten. Damit erkaufte er sich die Gesellschaft seiner Zechkumpane.

Georg war mehrmals in der Entzugsklinik gewesen. Ein paarmal hatte ich ihn dort besucht. Wenn er zurückkam, sah er besser aus, räumte seine Wohnung auf und sprach von der Zukunft. Einmal hatte er sogar noch einmal kurzzeitig eine Freundin gehabt, aber das lag schon Jahre zurück. Unterdessen bekam er seine AHV, von der er schlecht und recht lebte. Er versuchte, so gut es ging, den Schein zu wahren. Keinesfalls wollte er mit den Leuten, mit denen er trank, in einen Topf geworfen werden. Den Tisch habe er aufgestellt, weil diese armen Kerle ja nirgends mehr sein konnten, hatte er mir erklärt, und ich hatte ihm zu seinem sozialen Engagement gratuliert, obwohl mir klar war, dass er es war, der die Gesellschaft brauchte.

Die Fünfzimmerwohnung, in der er mit seiner Familie gelebt hatte, war stilvoll eingerichtet gewesen. Schöne Möbel, dieser skandinavische, einfache Stil der 1960er Jahre. Kein Fernseher. Kunst an den Wänden. Nicht zu viel, aber gute. Was für ein Gegensatz zu dem vollgestopften Gang, in dem ich nun stand.

«Suchen Sie etwas?», riss mich einer der beiden Männer, die jetzt durch die Trümmer von Georg Wirz' Leben stapften, aus meinen Gedanken.

«Dasselbe könnte ich Sie fragen. Ich bin der Abwart hier und wollte schauen, ob alles in Ordnung ist.»

«Ja, alles in Ordnung. Wir sind von der Spurensicherung», sagte der Mann. «Sie dürfen hier nicht einfach reinlatschen.»

«Warum nicht? Ich habe im Gegensatz zu Ihnen einen Schlüssel und die Befugnis. Brauchen Sie keinen Durchsuchungsbefehl, um hier alles auf den Kopf zu stellen?»

Der Mann lächelte nachsichtig. «Nicht, wenn der Besitzer der Wohnung uns hereinlässt und uns ausdrücklich erlaubt, uns umzuschauen. Wenn Sie es genauer wissen wollen, wenden Sie sich an Herrn Stahl von der Kripo.»

Ich fand, dass es nicht in Ordnung war, was hier vorging. Georg Wirz war wohl noch nicht lange wach gewesen und hatte gar nicht richtig verstanden, wofür er seine Zustimmung gegeben hatte. Doch was nützte mir das? Oder ihm, wenn ich jetzt hier herumstänkerte? Sie würden ja doch nichts finden, weil er den Holliger ganz sicher nicht umgebracht hatte. Ich beschloss, das Feld zu räumen. «Also gut, dann lasse ich Sie jetzt in Ruhe», sagte ich, drehte mich um und ging den engen Pfad zurück zur Wohnungstür. Als ich draussen war, wurde die Tür hinter mir geschlossen und von innen verriegelt.

Ich ging ins Magazin hinüber und machte mir noch einen Espresso. Jemand klopfte.

«Ja?», rief ich.

Marko streckte den Kopf herein.

«Ist die Polizei weg?», fragte er.

«Ja, nur noch die Spurensicherung ist bei Georg drüben.»

Er schnaubte. «Haben sie ihn verhaftet?»

«Sie wollen ihn befragen», sagte ich. «Du redest wohl nicht gern mit der Polizei?»

«Nein. Ich will niemanden, wie sagt man, verraten?»

«Wieso verraten?»

Er zuckte mit den Schultern. «Mein Vater ist von der Polizei abgeholt worden. Er war ein einfacher Dorfschullehrer. Irgendwer hat der Polizei gesagt, er arbeite für die Ustascha. Wir haben ihn nie wiedergesehen. Sechs Monate später flüchteten wir in die Schweiz. Das war Ende 1991, ich war gerade vierzehn Jahre alt.»

«Das tut mir leid», sagte ich.

«So ist eben Krieg», sagte er. «Das Leben geht trotzdem weiter. Muss weitergehen. Mit der Polizei will ich aber nichts mehr zu tun haben.»

«Kann ich verstehen», sagte ich, was einerseits stimmte, aber andererseits auch nicht, denn bei uns war das anders. Bei uns wurde niemand abgeführt und verschwand, nur weil jemand einen Verdacht geäussert hatte. Bei uns arbeitete die Polizei sorgfältig und hielt sich an die Gesetze, dachte ich.

«Willst du einen Kaffee?», fragte ich.

«Gern.»

Marko zog einen Flachmann aus der Tasche seiner Trainingshose. Sie hatte kein Etikett und war mit einer durchsichtigen Flüssigkeit gefüllt. Er hob sie fragend hoch und leerte dann einen rechten Gutsch in seinen Kaffee. Ich nickte und bekam auch einen. Er roch nach Zwetschgen und Alkohol.

«Macht ein Kollege von mir selber.»

Er kippte seine Tasse in einem Zug und ohne das Gesicht zu verziehen.

«Glaubst du, der Wirz war es?», fragte er.

«Nein, das kann ich mir nicht vorstellen. Der Wirz ist doch nicht gewalttätig.»

«Glaub ich auch nicht. Ausserdem waren da noch andere Leute.»

«Wieso, hast du jemanden gesehen?»

«Nur gehört.» Er schüttelte den Kopf und lachte kurz und bitter. «Weisst du, ich muss mittlerweile auch auf den Balkon, wenn ich rauche. Wegen der Kinder. Wer will da noch sagen, wir seien nicht integriert? Als ich zum ersten Mal gesehen habe, dass die Schweizer zum Rauchen auf den Balkon gehen, habe ich gedacht, dass ich dieses Volk nie verstehen werde. Ich empfand es als ungesellig und unhöflich. Jetzt mach ich es selber. Meine Frau will es so. Siehst du, ich bin ein echter Schweizer geworden. Die Frau hat das Sagen.» Er lachte wieder. Dann wurde er ernst. «Ich habe gestern Stimmen gehört. Zuerst Georg und Rolf. Sie haben sich gestritten. Dann kam ein Dritter. Ich glaube, Georg ist dann in seine Wohnung gegangen, denn seine Stimme hab ich nicht mehr gehört, nachdem die Haustür ins Schloss gefallen ist. Aber die beiden anderen haben weitergeredet. Das klang auch nach Streit.»

«Und dann?»

«Bin ich auch wieder rein. War ja nichts Besonderes. Leute kommen und gehen, trinken und streiten.»

«Aber du hast keinen Schrei oder Sturz oder eine Flasche gehört, die zu Bruch geht.»

Marko sah mich an. «Ich wohne im zweiten Stock, die Fenster waren geschlossen, der Fernseher lief. Als ich das nächste Mal rauchen ging, war es schon ruhig.»

«Wann war das?»

«So um zwei Uhr morgens. Hab Spätschicht die Woche. Fange erst mittags an. Meine Frau schlief schon.»

Ich trank den Kaffee aus. Der Schnaps fuhr mir warm in den Kopf. Ich war es nicht gewohnt, am Vormittag zu trinken.

Marko stand auf. «Muss bald zur Arbeit», verabschiedete er sich. «Danke für den Kaffee.»

«Danke für den Schnaps.»

Ich dachte daran, dass er Auto fahren musste, sagte aber nichts.

Es war fast Mittag, und die Kinder kamen von der Schule. Ein paar Mütter, angeführt von Helen, hatten sie abgeholt.

«Warum bist du nicht im Knast?», fragte mich Toni, als er auf den Hof kam. «Hast du ein Abili?»

«Alibi heisst das», erklärte Chantal, die dreizehn war. Sie wohnte schon ihr ganzes Leben in der Siedlung. Ihre Mutter arbeitete halbtags im Spital, der Vater war Schreiner. Sie war im Nachbardorf aufgewachsen, er drei Dörfer weiter. «Ausserdem haben sie ja den Wirz aus der 28 verhaftet.»

«Woher weisst du das jetzt schon wieder?», fragte ich erstaunt.

Sie zog ihr Handy aus der Tasche. «Vera ist krank und musste heute zu Hause bleiben. Sie hat alles getwittert.»

«Sie hat was?»

«Die News aus dem Hof getwittert, Mann. Alle wissen, was los ist.»

«Kinder», erhob Helen die Stimme. «Geht jetzt heim zu euren Eltern. Denkt daran, was ich euch gesagt hab, wenn ihr darüber reden wollt, tut das zu Hause oder kommt zu mir. Es ist ein grosses Unglück, das da geschehen ist», sagte Helen.

«Kein Unglück, umgelegt haben sie ihn», stellte Noah trocken fest.

«Das ist sowieso alles Pack, da ist es nicht schade», rief Sina, und Helen sah ihre Tochter einen Moment entsetzt an. «Geh nach oben», sagte sie streng. «Ich muss mit Edi noch etwas besprechen.»

«Kommt der alte Wirz jetzt auf den elektrischen Stuhl?», fragte Toni.

«Hoffentlich», grinste Sina und verschwand, ehe ihre Mutter etwas sagen konnte.

«Wir sind doch nicht in Amerika», erklärte Chantal und rollte mit den Augen.

«Ich weiss wirklich nicht, woher sie das hat», sagte Helen, als sich die Kinder in die Häuser verteilt hatten. «Die Kinder sind sehr durcheinander. Sina meint das nicht so, das mit dem Pack.»

Ich zuckte mit den Schultern. Da hatte sich die sonst so korrekte Helen im Kreise der Familie wohl verbal etwas gehenlassen.

«Ganz unrecht hat sie allerdings nicht.»

«Wie meinst du das, Helen?»

«Seit es warm ist, hat es schon etwas angezogen mit den Alkoholikern. Dass jetzt so etwas Schreckliches geschehen musste, sollte ein Weckruf sein für uns.»

Ich runzelte die Stirn.

«Nun ja, man sieht doch, wohin das führt mit dieser übertriebenen Toleranz, und ich will nicht, dass meine Kinder, alle Kinder hier, in einem gewalttätigen Umfeld aufwachsen.»

«Der Georg ist nicht gewalttätig», sagte ich.

«Aber irgendjemand ist offensichtlich gewalttätig gewesen.» Helen sah mich streng an. «Ein Mensch ist erschlagen worden. Unsere Kinder sind traumatisiert.»

«Aber wir wissen noch gar nicht, ob es ein Verbrechen gewesen ist. Vielleicht ist er ja auch nur von der Bank gekippt und dabei so blöd auf den Kopf gefallen, dass er daran gestorben ist», entgegnete ich, obwohl mir klar war, dass es kaum so gewesen war.

«Nein, nein», sie schüttelte energisch den Kopf. «Dan sagt, das war ein Verbrechen.»

«Wer ist Dan?»

«Der Kriminalpolizist, der hier gewesen ist.»

«Ach ja, stimmt. Ihr seid bereits per du?»

Helen errötete leicht.

«Was hast du mit ihm besprochen? Was hast du denn gesehen oder gehört, Helen?»

«Stimmen und Streit hab ich gehört. Wie so oft. Auf alle Fälle müssen wir in Zukunft besser aufpassen.»

Damit drehte sie sich um und verschwand in der Nummer 22, dem mittleren Haus an der Stirnseite, das die grössten Wohnungen und die schönsten Balkone hatte.

Es war ein warmer Tag, und weil Mittwoch war, hatten die meisten Schüler der Siedlung frei. Nur die Älteren, die schon in die Oberstufe gingen, blieben über Mittag in der Schule.

Es waren immer mehr, die es aufs Gymi schafften. Chantal hatte die Prüfung schon bestanden und würde nach den Sommerferien hingehen. Asta hatte auch gute Chancen. Andere gingen in die Lehre. Früher war unsere Adresse ein Nachteil bei der Lehrstellensuche gewesen. Die Lehrmeister lasen nur Moorgarten, und das reichte dann schon. Das hatte sich grundlegend geändert. Aber es hatte auch damals immer wieder Erfolgsgeschichten gegeben. Mir fiel Alfonso ein, ein stiller Italienerbub, dessen Eltern immer noch hier wohnten. Er hatte das KV gemacht und arbeitete unterdessen bei einer grossen Versicherung im mittleren Kader. Ab und zu kam er mit seinem grossen BMW, seiner blonden Frau und den zwei Kindern vorbei. Er war ein netter Kerl, und seine Eltern platzten vor Stolz.

Ich hörte die Kleinen im Hof. Sie spielten Mörderlis. Noah mimte den Mörder, der dicke Toni den Kommissar und Asta das Opfer. Sie wollte allerdings vergiftet werden, und Noah wollte sie mit einer Axt erschlagen, was zu langen Diskussionen führte. Sie einigten sich schliesslich darauf, dass sie erschossen werden würde. Sie starb sehr dramatisch, mit ungefähr drei Rückwärtsüberschlägen, und der Kommissar stellte dem flüchtenden Täter nonchalant das Bein, so dass dieser in den Kies flog und sich die Knie aufschlug. Der Kommissar setzte sich auf ihn.

«Du kommst auf den elektrischen Stuhl», triumphierte er.

«Lass mich los, du musst zuerst die Leiche finden, bevor du mich verhaften kannst», protestierte Noah, der sich nichts anmerken liess, obwohl der Sturz ziemlich schmerzhaft gewesen sein musste.

«Nichts da, die Polizei ist immer schneller», sagte Toni.

«Gar nicht wahr», protestierte Noah.

Ich wandte mich ab. Ich hatte noch zwei Treppenhäuser zu putzen.

Doch diesmal kam ich nicht wirklich vorwärts, weil überall die Türen aufgingen und ich jenen, die nicht offen neugierig sein wollten, Fragen beantworten musste. Auch bei Tschopps im Haus 26, erster Stock links, ging die Tür auf.

«Ich habe meine Aussage bereits gemacht», erklärte Tschopp dienstfertig. «Willst du nicht kurz hereinkommen, nach all der Aufregung? Ich mache uns einen Kaffee.»

«Also gut», sagte ich. Ich folgte ihm in die Dreizimmerwohnung, die er mit seiner Frau bewohnte. Im Wohnzimmer war die Zeit stehengeblieben. Überall standen Möbel aus den 1950er Jahren, die Tschopp wahrscheinlich über Jahre hinweg von seinem Lohn als Magaziner abbezahlt hatte.

«Das ist der Herr Zingg, Martha, unser Hauswart.»

Martha, die in einem mit grünem Samt bezogenen Sessel in der Ecke sass, lächelte. Martha war Tschopps Frau. Sie war dement. Das ganze Leben lang hatten sie auf die Pensionierung hin gearbeitet. Sich nicht viel gegönnt, einen Sohn grossgezogen, der selten zu Besuch kam. Nach der Pensionierung wollten sie zusammen das Leben geniessen. Auf Reisen gehen. Die Welt sehen. Sie erkrankte aber bald danach, und seit Jahren pflegte er sie und kam kaum mehr raus aus der Siedlung.

Ich setzte mich ihr gegenüber auf das Sofa. Tschopp verschwand in der Küche. Wenig später kam er mit einer hohen Porzellankanne und zwei dazu passenden Tassen zurück. Er schenkte dünnen Filterkaffee ein. Tschopp trat zur Wohnwand hinüber und öffnete eines der Glastürchen. Er kam mit einer schmalen hohen Flasche ohne Etikett an den Tisch.

«Das haben wir uns aber verdient nach dieser Aufregung», sagte er und schenkte zuerst mir und dann sich selber einen Schluck in den Kaffee.

«Kirsch», sagte er. «Mein Bruder in der Innerschweiz macht den immer noch selber.»

Ich trank einen Schluck. Es schmeckte nach Kirschen und Alkohol, den Kaffee merkte man fast nicht, und das war vielleicht auch besser so.

«Schlimme Sache», seufzte Tschopp. «Ich habe es Martha gar nicht erzählt.» Er lächelte seine Frau an, die zurücklächelte.

«Glaubst du, der Wirz war es?»

Ich zuckte mit den Schultern. «Ich kann es mir nicht vorstellen.»

«Die Menschen können sich plötzlich ändern», sagte Tschopp nachdenklich. Ich nahm noch einen Schluck von dem Kaffee Kirsch.

«Was hast du der Polizei denn erzählt?»

«Was ich gehört habe.»

«Was hast du denn gehört?»

«Stimmen, Streit, dann ein Splittern. Wie wenn man eine Flasche zerbricht. Ich habe natürlich gedacht, da wirft wieder mal jemand nachts etwas in die Altglascontainer. Ich war immer dagegen, dass man die hier bei uns aufstellt. Dort herrscht oft Unordnung.»

«Ich schaue, dass es nicht überbordet. Aber eigentlich ist das die Aufgabe der Gemeinde, weisst du.»

«Nein, nein, so hab ich es nicht gemeint. Du machst das schon gut, Edi.»

«Hast du verstanden, was geredet wurde?»

«Nein, das nicht. Ich habe noch gelesen, weisst du. Erst das Klirren hat mich aufgeschreckt.»

«Wann war das?»

«Etwa um halb eins. Ich hab noch auf den Wecker geschaut.»

«Hast du die Stimmen erkannt?»

«Das nicht, weisst du, das ist seltsam im Alter. Einige Dinge hört man ganz klar und andere gar nicht. Das hat irgendetwas mit den Frequenzen zu tun. Das Splittern des Glases, also, das hab ich ganz deutlich gehört. Die Polizei hat mich auch gefragt, ob ich Georgs Stimme erkannt habe, doch das kann ich nicht sagen. Ich weiss es einfach nicht. Obwohl das Fenster offen war. Das Fenster im Schlafzimmer ist bei mir immer offen, wenn es nicht gerade unter null ist. Wenn es zu warm ist, kann ich nicht schlafen.»

Ich trank meinen Kaffee aus. Der zweite Schnaps des Tages, das war ich mir nicht gewohnt.

«Willst du nicht noch einen?» Tschopp hob die Flasche.

«Nein danke, ich habe noch zu tun, ich bin mit allem im Rückstand wegen dieser Sache.»

«Das kann ich mir vorstellen», sagte er, aber die Enttäuschung, dass ich schon ging, war ihm anzusehen. Er hatte nur selten Besuch. Die Tage alleine mit seiner Frau, die ihn nicht mehr kannte, mussten lang sein.

Ich verabschiedete mich von ihm und Martha, die noch immer lächelte. Danach machte ich das Treppenhaus fertig und ging ins Magazin hinüber. Die Kinder hatten ihr Mörderspiel offenbar fertiggespielt und waren verschwunden. Es war ruhig im Hof. Es war kurz vor fünf. Bald würden die Leute von der Arbeit heimkommen. Ich schaute noch kurz bei den Gärten vorbei, die in den Rabatten neben der vorderen Häuserzeile angelegt worden waren. Der Vater von Chantal hatte aus Holz Rahmen gezimmert, die oben mit Kupfer beschlagen waren, um die Schnecken fernzuhalten. Die ersten Salate sprossen. Die Gärten wurden gemeinsam bepflanzt und waren erst im letzten Jahr auf Initiative von Helen angelegt worden, die das Projekt auch überwachte. Es handelte sich dabei nicht etwa um banales Gärtnern, hier wurde *Urban Gardening* betrieben, wie sie mir stolz erklärt hatte. Im letzten Sommer hatte es zum Grillgut tatsächlich ein paarmal eigenen Salat oder Gemüse aus dem Garten gegeben. Schliesslich ging ich ins Magazin zurück, zog die Tür hinter mir zu,

## 2. Kapitel

Ich wachte auf, weil es an die Tür klopfte. Einen Moment lang hatte ich keine Ahnung, wo ich war. «Moment, ich komme», rief ich, schüttelte mich kurz, rückte die Mütze, die mir ins Gesicht gerutscht war, gerade und öffnete.

Die Sonne blendete. Vor der Tür stand eine Frau. Eine hübsche junge Frau, dahinter ein paar Kinder.

«Ist das deine neue Freundin?», rief jemand. Es klang nach Toni.

«Hast du wieder gepennt da drin?», das war Chantal.

Kleine Mistkerle, dachte ich.

Die junge Frau lächelte.

«Die Kleinen waren so lieb, mir zu sagen, wo ich Sie finde.»

Ich versuchte zu lächeln. Ich trat aus meinem Magazin und schob die Mütze wieder so weit in die Stirn, dass ich etwas sehen konnte.

«Ich komme von *20Minuten*. Hier ist ein Mord passiert. Sie können mir etwas darüber sagen. Sie haben die Leiche gefunden.»

Das war alles ein bisschen viel für einen, der grad aufgewacht war. «Woher wissen Sie das jetzt schon wieder?»

«Ich habe meine Quellen. Kann ich ein kurzes Statement haben? Was ist der Mörder für ein Mensch? Er wohnt hier, nicht wahr?»

«Hören Sie, ich weiss nicht, wovon Sie reden. Lassen Sie mich in Ruhe», sagte ich und schlug ihr die Tür vor der Nase zu.

Ich setzte mich und schaute auf die Uhr. Halb sechs. Ich war offenbar nur kurz eingenickt. Schon wieder klopfte es, und ich riss genervt die Tür auf. Draussen stand aber nicht die Journalistin, die war nirgends zu sehen, sondern der Gürbel Hugo. Der Hugo war der Verwalter des Hauses, in dem der Rolf Holliger gewohnt hatte. Hugo war ein in die Jahre gekommener Rocker. Verlaufene Tattoos aus den siebziger und achtziger Jahren überzogen seine Brust, Arme und Hände. Früher war er vermutlich mal ein recht imposanter und gut durchtrainierter Kerl gewesen, aber von der Mähne waren nur ein paar graue Strähnen geblieben, die er sich zu einem Rossschwanz zusammenband. Um die fehlenden Haare auf dem Kopf zu verbergen, trug er oft ein Tuch, so wie Chris von Rohr. Sein Bauch war ziemlich imposant, er war nicht eigentlich fett, hatte aber diesen grossen, prallen Bauch, der wie aufgepumpt wirkte. Er verbarg ihn, wie meist, unter einem karierten Holzfällerhemd. Darüber trug er eine Jagdweste mit unzähligen Taschen. Ich kannte ihn nicht anders, denn wenn es zu kalt wurde für dieses Tenü, pflegte er nach Thailand zu verschwinden. Meistens von November bis März. Er hatte dort *es paar Chatze,* wie er sagte. Ich hatte nie genauer nachgefragt. So genau wollte ich es nicht wissen. Hugo war mir nicht übermässig sympathisch, obwohl er in seiner primitiven Art die Dinge hin und wieder sehr trefflich umschreiben konnte. Oft aber redete er Blech und ging mir auf die Nerven. Doch wir waren irgendwie Kollegen, also schaute ich, dass wir auskamen.

«Der Wirz hat den Holliger plattgemacht?», fragte er belustigt.

«Ich brauch erst mal einen Kaffee», sagte ich und schaltete die Maschine ein. «Nimmst du auch einen?»

«Gern», sagte der Hugo und zog einen silbernen Flachmann aus der Jacke.

«Mekong-Whisky. Aus Thailand. Super, du.»

Mein dritter Kaffee Schnaps an diesem Tag. Wenn das so weiterging, würde ich schon bald die Nachfolge von Georg Wirz antreten. Ich wohnte ja schon in einer Zweizimmerwohnung. Zweieinhalb, um ganz genau zu sein, ein halbes Zimmer mehr als mir laut Genossenschaftsstatuten zustand. Abwartsprivileg. Eines der wenigen. Wahrscheinlich gab es etliche Leute, die fanden, dass mein Leben ziemlich verkorkst war. Nächstes Jahr wurde ich fünfzig. Ich war Single. Ich hatte einen Job, der keinerlei Aufstiegschancen bot und kein Renommee hatte, den ich aber liebte. Ich liebte diese Siedlung und ihre Bewohner. Verdammt noch mal. Von mir aus auch nur, weil ich sonst nichts hatte.

Ich stellte die Tassen auf das kleine Bistrotischchen, Hugo goss den Mekong-Whisky hinein.

*«Schu no väruggt»,* sagte Hugo mit seinem nie abgelegten Rheintaler Dialekt. «Der Rolf, grad gestern hab ich noch mit ihm geredet. Heut ist er mause.» Er schüttelte den Kopf. «Ist es wirklich wahr, dass es der Georg war?»

«Wer erzählt denn so was?»

Er deutete mit dem Daumen über die Schulter, Richtung Garagentor. «Da draussen war so eine scharfe Trulla, ein Superschuss du, die hat mich gefragt, ob ich das Opfer kenne, und als ich ja gesagt habe, fragt sie, ob ich auch den Täter kenne, der ja ein Freund des Opfers gewesen sei und hier wohne.»

«Verdammt», sagte ich. «Was hast du ihr erzählt?»

Hugo schlug mir auf die Schulter. «Nichts! Meinst du, ich red mit denen für gratis? Aber nicht der Hugo! Weisst du, was sie mich gefragt hat? Ob ich auch zu den Randständigen gehöre, die sich im Hof getroffen haben. So ein freches Sauweib.»

Ich konnte mir das Lachen gerade noch verklemmen. Immerhin war ich beruhigt, dass es Hugo nicht auch über Twitter erfahren hatte. Dann hätte ich mich echt von gestern gefühlt.

«Also gut, den Georg haben sie verhaftet, das scheint unterdessen allgemein bekannt zu sein. Ich kann aber nicht glauben, dass er es war. Der war doch ein Freund vom Holliger. Auch wenn sie manchmal Streit hatten.»

«Pack schlägt sich, Pack verträgt sich», bemerkte Hugo und trank seinen Kaffee aus. Schon wieder einer, der Pack sagte. «Ausserdem hatte der Holliger nicht wirklich Freunde. Ich kenne ihn schon lange. Der war ewig auf dem Gift, weisst du. Der hat es sich mit so ziemlich allen verdorben.»

«Woher kennst du ihn denn?», fragte ich und kippte den Kaffee Mekong. «Von früher», Hugo winkte ab und stand auf. «Ich hoff nur, unser Haus kommt nicht wieder schlecht weg in der Presse.»

«So wie es aussieht, ist zuerst mal unsere Siedlung an der Reihe.»

«Du weisst also auch nichts Näheres?»

Ich schüttelte den Kopf. »Und du? Du hast den Holliger doch fast täglich gesehen. Mir schien er in letzter Zeit aggressiver. Machte mehr Seich.»

Hugo zuckte mit den Schultern. «Das kann ich nicht bestätigen. Bei mir im Haus hat er sich anständig benommen.» Er versuchte, die Brust ein wenig rauszudrücken, aber gegen den Bauch hatte sie keine Chance. «Bei mir benehmen sich alle anständig. Die Leute wohnen gern bei uns. Man will sie ja sonst nirgends.»

«Genau, und das Sozialamt zahlt auch nicht schlecht», sagte ich. «Elfhundert für jedes dieser winzigen Zimmer in einem Appartementblock aus den frühen Fünfzigern, in den seit der Erstvermietung kein Franken investiert wurde.»

«Ich behaupte nicht, dass wir der Pestalozzi sind.» Hugo grinste bös. «Das ist mehr dein Gebiet. Eure Genossenschaften machen doch den ganzen Immobilienmarkt kaputt. Die meisten deiner Mieter könnten sich locker eine teurere Wohnung leisten. Diese deutschen Akademiker, die herkommen und uns die Jobs und die Frauen wegnehmen.»

«Und die Wohnungen», erinnerte ich ihn.

«Und die Wohnungen», bestätigte er.

Nach den Tschinggen, den Jugos und den Kosovo-Albanern waren in letzter Zeit die gut ausgebildeten Deutschen die schlechten Ausländer. Immerhin eine Abwechslung, da man ihnen kaum vorwerfen konnte, kein Deutsch zu können. Also warf man ihnen stattdessen vor, zu laut und zu schnell zu sprechen. Es war Zeit, Hugo loszuwerden. «Ich hab noch zu tun», sagte ich und öffnete die Tür. Hugo schnappte seinen Helm und ging zu seinem Roller. Die Journalistin war nirgends zu sehen.

Wenig später ging ich in meine Wohnung zurück und kochte mir etwas Kleines. In den Lokalnachrichten am Radio wurde der bisher ungeklärte Tod eines Mannes erwähnt, und dass die Polizei Untersuchungen eingeleitet habe. Ich ahnte, dass das nicht das Letzte war, was ich von der Presse hören sollte.

## 3. Kapitel

Ich täuschte mich nicht. Am nächsten Morgen wachte ich zerknittert auf. Ich hatte wegen des vielen Kaffees mit Schnaps schlecht geschlafen. Ich ging zur Busstation rüber und besorgte mir eine Ausgabe von *20Minuten*. Schon auf Seite sechs stiess ich auf einen ausführlichen Bericht über unseren Fall. *Tötungsdelikt unter Randständigen* von Claudia Egger. Interessanter Artikel. Sie war gut informiert. Über uns, über Wirz, den sie G.W. nannte. Ich fragte mich noch immer, woher sie das wusste. Twitter? Facebook? Wahrscheinlich waren unsere Teenager-Mädchen nicht gerade diskret mit ihren Infos umgegangen.

Allerdings gestand mir Chantal, als ich sie darauf ansprach, dass sie mich verarscht hatte. Vera hatte ihr eine SMS geschrieben, und Chantal hatte diese auch nicht weiterverschickt. Warum auch, es gab Spannenderes auf der Welt. Sie verstand die ganze Aufregung nicht. «Ich meine, sorry, aber der war doch eh schon alt», sagte sie mit dieser leichten Genervtheit der Teenager, die der Welt aber auch alles erklären müssen. Auf mein Stirnrunzeln meinte sie: «Ich weiss, du auch, logisch, aber er war nicht nur alt, sondern auch kaputt, oder? Das ist doch kein Leben. Er ist tot besser dran. Ich mein, du hast ja immerhin einen Job.» Eine brutal pragmatische Weltsicht hatten diese jungen Menschen, Mitleid hatte darin keinen Platz. Allerdings konnte ich mir auch vorstellen, dass Holliger sich den pubertierenden Mädchen gegenüber schlecht benommen hatte und anzüglich geworden war. Manchmal glaubten solche Typen ja, noch immer die gutaussehenden Scharmbolzen zu sein, die sie mit zwanzig mal waren oder gern gewesen wären. Und wenn sie getrunken hatten, konnten sie erst recht nicht zwischen Dreizehn- und Dreissigjährigen unterscheiden, wenn sie einen kurzen Rock oder einen tiefen Ausschnitt sahen. Hier in der Siedlung hatte ich ihnen das gründlich ausgetrieben, doch sie begegneten sich ja auch an anderen Orten.

Nachdem ich den Artikel gelesen hatte, grümschelte ich unmotiviert in meinem Magazin herum und versteckte mich vor der Aussenwelt. Kurz nach dem Mittag trank ich den dritten und, wie ich mir fest vornahm, letzten Espresso des Tages, als ich auf dem Hof Stimmen hörte.

Ich trat vor die Tür. Draussen war ein schöner heller Frühsommertag. Einen Moment lang war ich von der Sonne geblendet. Von links kam ein junger Mann auf mich zu. «Sind Sie der, der den Toten gefunden hat?», rief er. Von rechts eilte die junge Frau von gestern herbei wie von der Tarantel gestochen und schrie: «Hau ab hier, Pietro, verschwinde. Das ist meine Story. Ich hab das angerissen.» Sie wandte sich an mich. «Reden Sie nicht mit dem, der ist vom *Blick*. Sagen Sie nichts.»

Ich ging zwischen den beiden durch. Bei den Picknicktischen sass Helen und schaute zu uns herüber. Wahrscheinlich hatte sie mit der Journalistin zusammengesessen.

Der Junge vom *Blick* hatte sich nahe des Tatorts mit Herrn Tschopp unterhalten, ehe er sich auf mich gestürzt hatte. Beim Grill hinten hielt einer dem kleinen Toni eine Videokamera ins Gesicht. Das ging eindeutig zu weit. Ich stürmte auf ihn zu, gefolgt von den beiden Journalisten, die sich noch immer darüber stritten, wer das Recht hatte, hier zu sein.

Ich tippte dem Mann mit der Kamera, der vor Toni kniete, von oben auf die Schulter. «He Sie, was tun Sie da? Machen Sie, dass Sie fortkommen. Sie haben hier nichts verloren.»

Der Mann mit der Kamera stand auf, immer auf das aufgeklappte Display schauend, anstatt mich direkt anzusehen. Er kam mir vor wie eine seltsame einäugige Menschmaschine. Eine Maschine, die etwas von Informationsfreiheit und öffentlichem Interesse schwafelte.

«Machen Sie, dass Sie weiterkommen. Ich warne Sie. Lassen Sie die Kinder in Ruhe.»

«Wer sind Sie überhaupt? Nennen Sie mir Ihren Namen und Ihre Funktion! Was wissen Sie über den Mord? Können Sie mir ein paar Fragen beantworten?» Das alles sagte er, während er noch immer aufs Display schaute und sich langsam umdrehte, so dass er mich immer voll im Bild hatte.

«Er ist der Abwart, er hat die Leiche entdeckt», rief der *Blick*-Junge selbstlos. Der Kameramensch blickte kurz auf. «Ja super, kommen Sie, wir gehen zum Tatort rüber und machen ein Interview.»

«Sie verlassen das Gelände, und zwar schnell.»

«Ich bleibe genau hier stehen.»

«Nein. Sie gehen.»

Ich machte einen Satz auf ihn zu, packte ihn am T-Shirt und schubste ihn weg.

Vielleicht lag es daran, dass ich schlecht geschlafen hatte. Vielleicht hatte ich einen kleinen Kater. Da sind die Nerven ja besonders empfindlich. Auf alle Fälle machte ich ernst damit, den Mann aus dem Hof zu werfen. Er wich, mich immer noch filmend, zurück. Ich schimpfte, machte einen Schritt vor, er eineinhalb zurück.

Helen, die hinzugetreten war, und die junge Reporterin zückten fast zeitgleich ihre Smartphones. Helen, wie sich später herausstellen sollte, um die Polizei zu rufen. Sie hatte die Nummer der Quartierwache gespeichert. Die Journalistin, um das ganze Schlamassel ebenfalls zu filmen, und ich muss sagen, Instinkt, den hatte sie ja. Immer mehr Leute schauten nun zu den Fenstern raus, und viele strömten auf den Hof, um zu sehen, was denn jetzt schon wieder los war, und es kamen noch mehr, nachdem eines der Kinder «Das Fernsehen ist da!» gerufen hatte. Nur Chantal wandte sich gelangweilt ab und bemerkte völlig korrekt: «Das ist nicht das richtige Fernsehen.»

Noah indessen, der im Zusammenhang mit diesem Fall schon mal ins Kiesbett geflogen war, sah eine Gelegenheit, jemand anderen zu Fall zu bringen. Während ich den Kameramann, der mich nun verbal immer stärker provozierte, was für den Fernsehbeitrag, den sich die Zuschauer des Lokalsenders am gleichen Abend stündlich zu Gemüte führen konnten, natürlich rausgeschnitten wurde, vor mir hertrieb, kniete sich Noah hurtig und von diesem unbemerkt hinter ihn, so dass der Mann beim nächsten Schritt rückwärts über ihn stolperte, das Gleichgewicht verlor und mit einem gellenden Schrei nach hinten kippte. Die Kamera flog im hohen Bogen durch die Luft und landete auf dem harten Boden. Das alles sah man auf dem Video der Journalistin. Noah aber war schon längst wieder aufgesprungen und schimpfte: «Pass doch auf, du Arsch», und rannte davon.

Nun stürzte sich der junge *Blick*-Journalist auf mich. Vielleicht dachte er, ich hätte den Lokalfernsehmann, der am Boden kauerte und seine Kamera beweinte, gestossen. Vielleicht wollte er sich auch nur vor seiner schönen Kollegin aufspielen, wer weiss das schon? Auf alle Fälle packte er mich am Kragen, und weil ich ihn nicht hatte kommen sehen, riss er mich zu Boden. Während ich dem jungen Mann noch eins auf die Nase geben konnte, rappelte sich der VJ hoch und erwischte mich mit einem Tritt in den Bauch, der mir den Atem verschlug. Der Journalist, dessen Nase blutete, sprang ebenfalls auf die Füsse, und wahrscheinlich wäre ich jetzt verdroschen worden, wenn nicht Luca und David hinzugekommen wären, zwei Sechzehnjährige, die in der Siedlung wohnten und so aussahen, wie sich Journalisten Ghettojungs gemeinhin vorstellen. Sie trugen weite Jeans, aus denen mit irgendwelchen Markennamen bedruckte Unterhosenbünde herausragten, dazu blitzsaubere Basketballschuhe, schneeweisse Unterleibchen, Goldketten und die dazugehörige Frisur: Seiten ausrasiert, oben länger und mit viel Gel zu einer Art spitzem Ziegelstein geformt. Die Journalisten konnten ja nicht ahnen, dass die beiden aus gutbürgerlichen Schweizerfamilien stammten, der eine ins Gymi ging und der andere das KV bei der Gemeindeverwaltung machte. Sie gaben sich bloss als Ghettoboys, weil sie damit bei den Mädchen aus der Einfamilienhaussiedlung nicht schlecht Erfolg hatten. Sie zehrten vom vergangenen schlechten Ruf unseres Quartiers, jetzt, wo die richtig bösen Buben nicht mehr da waren.

«Geil! Schlegi!», hatte David gerufen und war gefolgt von Luca auf uns zugespurtet. Ich war zu sehr damit beschäftigt, meinen Atem wiederzufinden, um genau mitzubekommen, was abging, aber das Resultat war, dass wenig später der VJ, seine Kamera festklammernd, gefolgt vom blutenden Journalisten vom Hof rannte, dicht gefolgt von den beiden Jungs, die ihnen Fusstritte und unschöne Geschichten über ihre Mütter mit auf den Weg gaben.

Genau an der Hofgrenze, dort wo das Trottoir anfing, blieben Luca und David stehen, als seien sie gegen eine unsichtbare Wand gerannt. Der Hof war ihr Territorium. Es war ihnen wohl mehr darum gegangen, dieses zu verteidigen, als mir beizustehen, aber das war mir egal. Unterdessen hatte ich meinen Atem wiedergefunden und mich aufgerappelt. Sie kamen schauen, wie es mir ging.

«Danke Jungs», sagte ich.

«Alles klar, Mann», lachte Luca. «Zwei gegen einen ist voll unfair.»

«Erst recht gegen einen alten Mann. Das ist mega uncool. Weisst du, man muss Respekt haben vor alten Leuten, echt Mann.»

Bevor ich ihnen erklären konnte, dass fünfzig das neue Dreissig war, hatten sie sich schon abgewandt und schlenderten nebeneinander her, sich auf höchst komplizierte und vielfältige Art abklatschend und zweifelsohne ihre Heldentaten rekapitulierend.

Sie verschwanden in dem Moment zwischen den Häusern, als der Streifenwagen mit quietschenden Reifen auf den Hof fuhr. Ich hatte bei all der Aufregung und vielleicht auch wegen der Überdosis Kaffee Schnaps gestern Abend vergessen, den Pfosten wieder hochzuklappen und abzuschliessen. Sandra sprang aus der Beifahrertür, rannte den Jungs ein paar Schritte nach, merkte, dass es sinnlos war, und drehte sich nach mir um.

«Was machst denn du für Sachen?», fragte sie, aber sie lächelte. Sie sah mir an, dass ich gekämpft hatte. Verloren zwar, aber gekämpft. Das gefiel ihr. Ich punktete wieder bei ihr. Immerhin etwas.

Da kam auch schon die Journalistin angerannt. «Das ist er. Nehmen Sie ihn fest. Er hat die Pressefreiheit behindert und zwei Journalisten verprügelt. Ich habe alles gefilmt.» Dabei schwenkte sie ihr iPhone.

Sandra schaute sie streng an. Wie schön sie war, wenn sie streng schaute. Vor allem, wenn sie meine Widersacher streng anschaute. «Wer sind Sie?»

«Claudia Egger, *20Minuten*.»

Sandra verzog ein wenig das Gesicht. Sie mochte keine Journalistinnen. Sie mochte keine Blondinen. Sie mochte keine studierten Tussis aus der Stadt, die meinten, sie seien weiss Gott wer. Vor allem mochte sie es nicht, wenn ihr solche Frauen Befehle erteilten.

«Er hat meine Kollegen angegriffen und sie an ihrer Berufsausübung gehindert.»

«Das hier ist Privatgrund, ihr habt hier nichts verloren», wandte ich ein.

«Hier ist ein Mord geschehen, die Öffentlichkeit hat ein Recht auf Information.»

«Information von zehnjährigen Buben?», feixte ich, und in dem Moment kam auch der Kameramann zurück. Wahrscheinlich hatte er das Polizeiauto gesehen und traute sich jetzt wieder aufs Feindesland. «Die Kamera ist beschädigt», rief er aus sicherer Distanz. «Das wirst du bezahlen. Ich zeige dich an.»

«Sie wollen eine Anzeige aufgeben?», mischte sich Winterhalder ein, der unterdessen auch aus dem Polizeiauto gestiegen war.

«Am besten kommen Sie alle auf den Posten, und wir regeln die Sache dort.»

«Also gut, aber es muss schnell gehen», sagte der VJ.

«Es geht so lang, wie es geht», antwortete Sandra.

Die Journalistin schaute auf die Uhr.

«Ich weiss, wo der Posten ist, du kannst mit mir fahren, dann schaffen wir es noch vor dem Feierabendverkehr zurück», bot der VJ an. Der Smart mit dem Logo des Lokalfernsehens stand beim Altglascontainer im Parkverbot.

«Willst du mit uns kommen?», fragte Sandra, und ich nickte.

«Also meine Damen und Herren, in dem Fall sehen uns auf der Quartierwache.» Winterhalder und Sandra stiegen vorne ein, und ich hinten. Wir fuhren die paar hundert Meter zum Posten hinüber.

«Jeden Tag einen Einsatz im Moorgarten. Das hat es seit den späten neunziger Jahren nicht mehr gegeben», sagte Winterhalder.

«Früher war eben doch nicht alles besser», sagte ich.

«Brauchst du mich für das Protokoll?», fragte Winterhalder, als wir den Posten betraten.

«Nein», antwortete Sandra. «Ich rufe dich, wenn es kompliziert wird.» Sie wandte sich an mich. «Komm mit!»

Während Winterhalder in seinem Büro im hinteren Teil des Postens verschwand, führte mich Sandra in einen trostlosen Raum ohne Fenster, in dem ein grosser Schreibtisch stand.

«Willst du einen Kaffee?», fragte sie. Ohne viel zu überlegen, sagte ich ja. Ich wusste, dass es diesmal keinen Schnaps dazu geben würde. Sandra konnte zwar schon Schnaps trinken. Aber nicht im Dienst. Sie trank Jim Beam Kentucky Whiskey.

«Ristretto, Espresso, Cappuccino, Latte macchiato, Americano?», fragte sie.

«Ist das hier eine Starbucks-Filiale?», wunderte ich mich.

Sie grinste und hielt mir ein Tablett mit farbigen Kapseln entgegen. «Nein, aber wir haben eine neue Maschine.»

Ich seufzte, die Sparmassnahmen bei der Polizei schienen nicht überall zu greifen. Allerdings schienen es nicht die teuren Kapseln, sondern die aus der Migros zu sein. Möglich, dass die Polizisten sie selber kauften.

«Hast du auch Koffeinfreien?», fragte ich, weil mir einfiel, dass ich mein Pensum schon intus hatte. Sandra runzelte die Stirn und schaute mich an, als hätte ich ihr ein peinliches privates Geheimnis offenbart. Etwas, das man lieber nicht wissen will. Sie deutete auf eine lila Kapsel. «Ja, von denen hat's noch am meisten. So einen hat jetzt noch nie jemand gewollt.»

Bevor ich erklären konnte, dass ich sonst nie Koffeinfreien trank, war sie schon verschwunden. Wahrscheinlich hatte ich den Bonus, mich geprügelt zu haben, schon wieder verspielt. Ich vermisste die Abende und Nächte mit ihr. Sie war wohl die erste Frau, die nicht auf Distanz gegangen war, weil ich Abwart war, sondern weil ich studiert hatte. An einem unserer letzten Treffen hatte ich es erwähnt. «Ich habe mit Studenten nie etwas anfangen können», hatte sie gesagt. Natürlich war das nicht der einzige Grund gewesen. Die anderen habe ich leider nie herausgefunden.

Sie kam mit zwei Tassen zurück. Einer grossen und einer kleinen.

Sie setzte sich in den Bürostuhl beim Computer und kippte in einem Zug ihren Ristretto. Sie trank immer Ristretto. Sie war kein Latte-macchiato-Fräulein. Sie war eine Ristrettobraut. Breitbeinig sass sie auf ihrem Bürostuhl und sah mich an, während ich an meinem falschen Kaffee nippte. Sie schaute auf die Uhr.

«Wie geht's dir?», fragte ich.

Sie drehte sich träge auf ihrem Stuhl hin und her.

«Okay», sagte sie.

«Lang nichts mehr gehört», sagte ich.

«Stimmt», sagte sie.

«Sehen wir uns mal wieder?», fragte ich.

«Wir sehen uns ja jetzt», sagte sie. Wenn Sandra nicht wollte, wollte sie nicht.

«Weiss man schon etwas von Wirz?», wechselte ich das Thema. «Wurde er schon verhört?»

«Wahrscheinlich.» Sie zuckte mit den Schultern.

«Wir könnten ja wieder mal ein Bier trinken gehen.»

«Könnten wir. Wenn ich dich nicht gleich einlochen muss.»

Sie schaute auf die Uhr.

«Verdammt, wie lange haben die, bis sie hier sind?»

«Vielleicht haben sie sich verfahren.»

«Diese Regionalfernsehfritzen kennen sich besser aus als mancher Taxifahrer. Die sind manchmal sogar schon vor uns vor Ort, wenn es irgendwo geknallt hat.»

«Ich frage mich wirklich, woher die so schnell von der Geschichte wussten. Gab es eine Pressekonferenz?»

«Soviel ich weiss, nicht.»

«Ob dieser Kriminalbeamte etwas hat durchsickern lassen? Dieser Stahl?»

Sandra stiess sich mit ihrem Bürostuhl vom Tisch ab und rollte rückwärts Richtung Wand.

«Der …», sagte sie, und ich wartete, aber sie verstummte. Sie sah wieder auf die Uhr.

«So, jetzt langt es mir dann gleich.»

«Wir können ja mit meiner Aussage anfangen.»

Sie rollte zum Tisch zurück und beugte sich zu mir herüber. Ich beugte mich zu ihr. Ich roch sie. Sie roch gut. Kein Parfüm. Kein Deo. Nur Sandra.

«Wieso?», sagte sie langsam. «Willst du eine Anzeige machen?»

«Nein.»

«Wenn keine Anzeige erstattet wird, brauchen wir auch keine Aussage von dir, du Trottel.» Sie schaute wieder auf die Uhr.

«Hast du sie wirklich verprügelt?»

«Ich hab nur dem Journalisten, der abgehauen ist, eins auf die Nase gegeben.»

Sandra schenkte mir ein Lächeln.

«Was ist mit den Jugendlichen, die den Kameramann vom Hof gejagt haben?»

«Ich hab sie nicht erkannt, ist alles schnell gegangen.»

Sie grinste mitleidig. «Ich schon. Luca und David. Die beiden habe ich im Auge, die haben schwer die Flegeljahre.»

«Ach komm, die sind doch harmlos.»

«Eben, und ich sorge dafür, dass sie es bleiben», sagte sie langsam. «Nicht dass noch einmal ein Toter bei dir im Hof liegt.»

«Komm jetzt, das ist nicht fair. Das war keiner aus der Siedlung, und ich glaube auch nicht, dass der Wirz ihn umgebracht hat.»

«Das wird sich ja zeigen», sie schaute wieder auf die Uhr, stützte sich am Tisch ab und stand auf.

«Die kommen nicht mehr. Sonst ruf ich dich an.»

Ich sah sie stirnrunzelnd an. «Du kannst gehen, die machen heute keine Anzeige mehr. Wahrscheinlich war ihnen wichtiger, noch rechtzeitig in ihre Redaktionen zu kommen, um das Material auszuwerten. Oder die blonde Schnalle wollte nicht, dass ich ihr Handy als Beweismittel beschlagnahme. Schade, darauf hab ich mich schon gefreut.»

«Wenn du mich nicht einlochen musst, könnten wir ja das Bier trinken gehen.»

Sie deutete mit dem Kinn auf meine Kaffeetasse. «Solange du kein Alkoholfreies nimmst.»

Damit hatte sie mehr oder weniger zugesagt. Zumindest nicht abgelehnt.

«Also gut, wenn ich nichts von dir höre wegen der Anzeige, melde ich mich.»

Sandra nickte unbestimmt, und ich verliess den Polizeiposten einigermassen optimistisch. Statt einer Anzeige hatte ich mir ein Rendezvous eingehandelt.

Sandras Vermutung über den Verbleib der Journalisten bestätigte sich. Die beiden hatten wohl noch im Auto einen Deal über das Bildmaterial ausgehandelt und waren dann ins Lokalfernsehen gefahren. In den Sechsuhrnachrichten wurde ein längerer Bericht über die

Ereignisse in unserer Siedlung gesendet. Weil ich keinen Fernseher hatte, verpasste ich das Ganze, aber kaum war der Beitrag ausgestrahlt worden, schellte mein Natel, SMS kamen im Sekundentakt, und vom Hof rief es: *«De Edi isch im Fernseh, de Edi isch im Fernseh.»*

Die Wiederholung um sieben Uhr schaute ich bei Toni zu Hause. Dort hatten sich ausser mir eine Reihe Verwandter und Bekannter eingefunden, die dem Jungen eine grosse Karriere in der Tamil-Filmindustrie voraussagten. Tonis Vater nahm das Ganze diesmal auf, aber nicht auf Video, sondern irgendwie direkt auf Festplatte. Ich hatte den Anschluss an die Unterhaltungselektronik seit der Einführung der DVD irgendwie verpasst. Ich kam mir von vorgestern vor. Tonis Mutter reichte süsses Gebäck und Tee, ein paar der Besucher genehmigten sich einen Gin oder einen Raki. Ich nahm höflichkeitshalber auch einen, schaute aber, dass ich das Glas nicht leer trank, weil es sonst unweigerlich nachgefüllt worden wäre.

Dann gebot Rishandhar, Tonis Vater, gebieterisch Ruhe. Die Moderatorin kündigte einen Mordfall in unserer Gemeinde an. Aber das sei nicht alles …, erhöhte sie die Spannung. Der Bericht begann mit einer Kamerafahrt über den Hof. «Hier wurde gestern Morgen ein Mordopfer geborgen», erklärte die Stimme des VJs aus dem Off. Man sah kurz den dicken Toni, der sehr ernsthaft erzählte, dass er furchtbar Angst habe seit diesem Vorfall. Ich fragte mich, ob man ihn mit einer Zehnernote dazu gebracht hatte, so einen Quatsch zu erzählen. Der Toni hatte durchaus Geschäftssinn. Die tamilische Familie klopfte ihm auf die Schulter und war furchtbar aufgeregt ob diesem grossartigen Auftritt, und tatsächlich, schauspielerisches Talent war ihm nicht abzusprechen.

Dann sah man den Festtisch, bei dem das Opfer gelegen hatte. Dann kam ich ins Bild. Ich von ganz nahem. Wie ich den Kameramann vor mir hertrieb. Verwackelte Aufnahmen, von unten gefilmt, so dass ich grösser und bedrohlicher aussah. Dann ruckelt es gewaltig, man sah meine Beine und meine Hände, die ich zum Glück klar in die Seiten gestützt hatte. Dann riss die Kamera abrupt hoch, während der Kameramann stürzte, man sah Häuserwände, Himmel, dann war alles schwarz. Wahrscheinlich hatten sich die beiden das Material angeschaut, bevor sie auf den Posten kamen, und gemerkt, dass eine Anzeige nicht viel bringen würde. Schnitt, jetzt die Bilder von der Handykamera: *Bild Claudia Egger/20Minuten* war unten eingeblendet. Man sah kurz Luca und David in Aktion, die dadurch im Quartier für eineinhalb Wochen Rockstar-Status erreichen würden, vor allem Luca, der dem *Blick*-Journalisten einen Tritt in den Hintern versetzte, der diesen beinah vorwärts auf die Schnauze fliegen liess. Der Kommentar: Journalisten wurden von Anwohnern dieser als Problemsiedlung bekannten Häuser mit Gewalt vertrieben. Dann wieder ich, wie ich hinten ins Polizeiauto steige. «Die Polizei konnte schliesslich die Lage unter Kontrolle bringen und führte einen Teil der Gewalttäter ab.»

Die tamilische Verwandtschaft nickte anerkennend und verlangte sofort ein Replay der Stelle mit Toni. Ich trank den Raki, bedankte und verabschiedete mich.

In mir stieg der Verdacht auf, dass die Journalistin und der VJ gar nie vorgehabt hatten, Anzeige zu erstatten. Sie hatten lediglich filmen wollen, wie ich ins Polizeiauto stieg. Dreckskerle. Was für ein Tag.

## 4. Kapitel

Der nächste Tag wurde auch nicht besser. Ich war gerade erst aufgestanden, als Tschopp klingelte. Er stand immer noch jeden Morgen um Viertel nach sechs Uhr auf und ging am Kiosk vorne den *Blick* holen. Dazu die *20Minuten* von der Bushaltestelle. Wegen des Sudokos.

«Hast du es schon gesehen?», fragte er, und weil er wusste, dass ich das nicht hatte, drückte er mir den *Blick* in die Hand.

*Hütet euch am Mordgarten,* lautete die Schlagzeile. Darunter ein grosses Foto von unserem Hof, hineinmontiert drei Porträts von Männern mit Augenbalken. Eins von Holliger mit einem Kreuz darunter, eins von Wirz und eins von mir. Meins und das von Wirz erkannte ich wieder. Sie stammten aus der Festschrift der Genossenschaft, die nach dem Umbau der Siedlung erschienen war. Darin waren Porträts aller Anwohner. Der Schlag auf die Nase musste den jungen Mann dazu angestachelt haben, sich richtig in die Geschichte hineinzuknien.

«Du kannst die Zeitung behalten», sagte Tschopp. «Ich habe gleich vier Exemplare gekauft. Schlimme Geschichte.»

Ich war mir nicht sicher, ob er die Geschichte in der Zeitung oder den Tod von Holliger meinte.

Nachdem ich die Zeitung bei einem Espresso im Magazin unten gelesen hatte, vermutete ich, dass er den Pressebericht gemeint hatte. Ich war eben mit dem Artikel fertig, in dem viel von einer bekannten Problemsiedlung, Gewalt, Alkoholikern, Ausländern und Jugendgangs die Rede war, als mein Natel läutete. Es war Bütikofer, der Präsident der Genossenschaft. Er wollte mich sehen. So schnell wie möglich. Ich versprach, in einer Stunde da zu sein.

Zuerst musste ich noch duschen und mich rasieren. Dann fuhr ich in die Stadt, wo sich die Büros der Genossenschaft befanden. Sie besass drei Siedlungen, es war eine eher kleine Genossenschaft. Der Moorgarten war ihre älteste Siedlung, darum hiess sie auch Wohnbaugenossenschaft Moorgarten. Umso empfindlicher wurde sie von der Verunglimpfung dieses Namens getroffen. Nachdem man jahrelang unter dem schlechten Ruf des gleichnamigen Quartiers gelitten hatte, war das natürlich besonders ärgerlich. Die Genossenschaft gab es schon seit 90 Jahren, lange Zeit hatte man sich auf die Verwaltung der drei Siedlungen beschränkt und möglichst alles so gelassen, wie es war. Die Wurzeln hatte sie in der gemässigten Arbeiterbewegung. Erst in den letzten fünfzehn Jahren wehte ein frischerer Wind, die Siedlungen wurden saniert und ein neues Modell gemeinschaftlichen Wohnens propagiert, in der zum Beispiel auch ökologische Themen eine Rolle spielten. Eine Zeitlang hatte die Genossenschaft das Problem, dass alte Mieter alleine in grossen Wohnungen lebten, weil sie sich eine kleinere auf dem Wohnungsmarkt gar nicht leisten konnten. Darum bot die Genossenschaft unterdessen eine breitere Palette an Wohnungsgrössen an, auch um den sich wandelnden Familienstrukturen gerecht zu werden. Elisabeth Troxler, die betagte und eigentlich stets fröhliche Sekretärin begrüsste mich bedrückt und hiess mich kurz warten. «Einen Kaffee, Herr Zingg? Oder lieber ein Mineral? Ach, was ist da nur los bei Ihnen? Hoffentlich legt sich die Aufregung bald», sagte sie besorgt. Auf einem Beistelltischchen lagen ein paar Hefte mit dem Titel *Wohnen*. Darin fanden sich Porträts verschiedener Genossenschaftssiedlungen, es gab die Rubrik «Rechtsberatung», und in einem Beitrag ging es um Balkon- und Nutzpflanzen für den Garten. Ich hatte gerade einen Artikel über eine Siedlung im Berner Oberland begonnen, als mich Bütikofer in sein Büro bat. Es war ein schlichtes, ziemlich kleines Büro. An den Wänden standen Aktenschränke und Gestelle mit farbigen Ordnern. An einer Wand hingen drei Luftaufnahmen, dem Gelbstich nach hingen sie schon lange dort. Auf einer erkannte ich den U-förmigen Grundriss unserer Siedlung, wobei es mit den Garagen eher wie ein Ü aussah.

Einen Moment lang sassen wir uns schweigend gegenüber. Bütikofer war ebenso alt wie ich, er trug ein hellblaues Hemd, einen Kittel und dunkelblaue Hosen. Kein Anzug, aber auch kein Freizeitlook. Er war ein stiller und akribischer Mensch, der seit zehn Jahren der Genossenschaft vorstand und viel zu deren Modernisierung beigetragen hatte.

«Sie wissen, warum ich Sie sprechen will?»

«Ich kann es mir vorstellen», sagte ich und versuchte ihm, so gut es ging, zu erklären, was geschehen war und wie die Geschichte mit der Presse aus dem Ruder gelaufen war.

«Das kommt wirklich im dümmsten Moment», sagte der Präsident besorgt. «Das ist ein gigantisches PR-Debakel.»

«Ach, die Leute in der Siedlung wissen doch, dass es nicht stimmt, und ich nehme nicht an, dass sich Leute von der Warteliste haben streichen lassen.»

«Bis jetzt noch nicht.» Tatsächlich war die Warteliste seit über einem Jahr gesperrt, weil die realistische Frist, eine Wohnung bei uns zu bekommen, für Leute, die sich neu auf die Liste setzen liessen, bei sechs bis acht Jahren lag. Es gab nicht viele Wechsel. Um die Wohnungen wurde unterdessen mit Haken und Ösen gekämpft.

Bütikofer beugte sich über den Schreibtisch, als drücke ihn ein unsichtbares Gewicht nach unten. «Darum geht es auch nicht. Das Entscheidende ist, dass diese Geschichte für das Mattenbachprojekt eine wahre Katastrophe ist.»

Ich muss dreingeschaut haben wie ein Brombeerstrauch bei der theoretischen Fahrprüfung.

«Ach, natürlich wissen Sie davon gar nichts. Sie sind ja bloss der … Haustechniker. Die grosse Wiese hinter der Siedlung ist letztes Jahr umgezont worden. Es ist die letzte grössere Baulandreserve der Gemeinde. Die Genossenschaft möchte dort ein neues Projekt realisieren, und bisher galt es eigentlich als sicher, dass wir den Zuschlag bekommen. Heute Morgen hat mich der Gemeindepräsident angerufen. Die Gemeindeversammlung muss die Sache bewilligen, und wie er sagt, gibt es Leute, die nicht einsehen, warum die grün angehauchten Mittelständler, die ja doch in der Stadt arbeiten und in der Gemeinde lediglich billig wohnen wollen, subventioniert werden sollen. Sie wollen den Markt entscheiden lassen und das Land dem Höchstbietenden abtreten. Zum Nutzen der Gemeinde, wie sie sagen. Die derzeitige Presse liefert unseren Gegnern natürlich unglaublich Munition.» Bütikofer seufzte.

«In ein paar Tagen hat sich der Sturm wahrscheinlich gelegt», versuchte ich zu beruhigen. «Dann kommt die nächste Geschichte, und niemand redet mehr von unserer Siedlung.»

«Ich hoffe es. Was wir auf keinen Fall brauchen können, ist noch mehr negative Presse. Wenn in Zukunft Journalisten auftauchen, möchte ich Sie bitten, höflich zu ihnen zu sein und die Siedlung im besten Licht zu präsentieren, haben Sie verstanden, Herr Zingg? Oder Sie verweisen die Leute an mich. Solche Amokläufe können wir uns wirklich nicht leisten. Sie haben dem Ansehen der Siedlung sehr geschadet, das ist für uns ein Vertrauensmissbrauch.»

«Ist das so etwas wie eine offizielle Verwarnung?», fragte ich erschrocken.

«So ist es», Bütikofer sah mich nicht an, sondern auf seine aufgeräumte Schreibtischplatte. «Sie erhalten Sie noch mit der Post. Damit arbeitsrechtlich alles seine Richtigkeit hat.»

«Es wird nicht wieder vorkommen», sagte ich und ärgerte mich sogleich über meine Unterwürfigkeit. Doch die Aussicht, den Job zu verlieren, traf mich unerwartet und härter als der Tritt in den Magen, den mir der Journalist versetzt hatte. Ich liebte meinen Job. Ich liebte meine Siedlung. Ich wusste nicht, was ich sonst machen sollte oder wollte. Und es machte mir Angst, das alles bedroht zu sehen.

Bütikofer erhob sich. Das Gespräch war beendet.

Zum Abschied schüttelte er meine Hand und sah mir tief in die Augen.

«Es geht um hundertsechzig Wohnungen, Herr Zingg. Das wäre bei weitem die grösste Siedlung, die wir je gebaut haben. Das Projekt ist zukunftsweisend.»

«Wir bekommen den Auftrag, ich verspreche es», sagte ich. Warum ich das sagte, wusste ich nicht.

Der Pressewirbel flaute nicht ab. Ganz im Gegenteil. Claudia Egger hatte am nächsten Morgen einen echten Primeur in ihrem Blatt.

*Verwirrter Alkoholiker erschlägt Saufkumpan.* Sie berichtete in ihrem Artikel, dass der verdächtige G.W. der Tötung des Sozialbezügers R.H. überführt worden sei. Bei der Auseinandersetzung, die zu der Tat geführt habe, sei es um eine Banalität gegangen. Es folgten Aussagen von Anwohnern, die sich seit längerem von dem Alkoholikertreffpunkt in ihrem Hof gestört gefühlt hatten und von zunehmender

Lärmbelästigung, von Unflätigkeiten, Abfallproblemen berichteten. Die Verantwortlichen hätten zu lange weggeschaut. Gewisse Personen, die eigentlich für Ordnung sorgen sollten, hätten selber an dem Tisch verkehrt.

Damit war wohl ich gemeint.

Seufzend legte ich die Zeitung weg. Wahrscheinlich war es Herr Tschopp gewesen, der sie mir vor die Tür des Magazins gelegt hatte. Ich nahm an, dass im *Blick* nichts stand, sonst hätte er mir ein Exemplar dagelassen. Ich ging zum Haus Nummer 18 und fischte mir die Tageszeitung aus dem Milchkasten der Studenten-WG. Auch dort wurde nicht über «unseren Fall» berichtet. Claudia Egger hatte ihre Informationen also exklusiv. Die Frage war bloss, woher. Eigentlich konnten sie nur von der Polizei kommen. Von der Kriminalpolizei.

Was mich daran erinnerte, dass ich noch bei Stahl meine Aussage bestätigen musste. Oder war das nicht mehr nötig, jetzt, wo der Fall gelöst war? Ich beschloss, mein Glück zu versuchen und bei ihm vorbeizugehen, ohne vorher anzurufen. Ich wollte ihm nicht die Chance geben, mich abzuwimmeln. Zur Überbrückung allfälliger Wartezeiten nahm ich einen dänischen Krimi aus der Bücher-Tauschkiste, die ich bei uns im Haus eingerichtet hatte, die aber von der ganzen Siedlung genutzt wurde. Man warf seine alten Bücher rein und nahm bei Interesse heraus, was die anderen hineingelegt hatten. Meist waren es Krimis, historische und esoterische Romane, seltener Biographien oder Ratgeber. Bei denen fragte ich mich mitunter, wer sie in der Kiste deponiert hatte und ob es Anlass zur Sorge gäbe. Neben den üblichen Eheberatungs- und Wiewerdeicherfolgreichundbeliebt-Büchern waren auch schon solche über Depressionen, Suizidgefahr, Impotenz und Alkoholismus drin gewesen.

Weil es ein schöner Tag war, fuhr ich mit dem Velo in die Stadt hinunter und suchte die Adresse, die auf Stahls Kärtchen stand. Es war ein anonymes Geschäftshaus. Der Schriftzug *Kriminalpolizei* war diskret angebracht. Ich betrat das Gebäude und kam in eine Art Entree. Links war die Portiersloge, vorne eine schwere graue Tür mit einem kleinen Fenster, damit man sehen konnte, wer auf der anderen Seite stand. Ich zählte drei Kameras an der Decke. Rechts waren ein paar

Stühle an der Wand befestigt. Ich fragte den Portier, ob Daniel Stahl im Haus sei.

«Wer sind Sie und worum geht es?»

«Edgar Zingg ist mein Name. Es geht um den Toten im Moorgarten, ich muss noch meine Aussage bestätigen.»

«Ausweis?»

Ich schob ihm meine Identitätskarte durch den Spalt im Panzerglas, das die Portiersloge schützte. Der Portier schaute sie an, schob sie zurück und griff zum Telefon.

«Hoi Dään, hier ist einer, der dich sprechen will.» Ich musste noch einmal sagen, wer ich war und worum es ging, dann durfte ich auf einem der an der Wand befestigten Plastikschalenstühle warten. Ich zog den Krimi aus der Tasche und begann zu lesen. Hin und wieder kamen Männer in Zivil, die dem Portier zunickten, worauf sich die schwere Tür wie von Geisterhand öffnete und die Männer dahinter verschwanden. Nach etwa einer Viertelstunde trat Stahl durch diese Tür. Er trug seine engen Jeans und ein ebenso enges rotes Lacoste-T- Shirt.

«Ah, der Abwart», begrüsste er mich und zwang meine Hand in seinen Schraubstockgriff. Wiederum liess ich mir nichts anmerken. «Kommen Sie.» Ich folgte Stahl in ein kleines Büro im zweiten Stock. Wir stiegen die Treppe hoch, und er nahm drei Tritte auf einmal. Ich liess mich nicht abhängen, war aber etwas ausser Atem, als wir sein Büro betraten.

«Sie sind ja richtig berühmt geworden unterdessen», grinste er, wies mir einen Stuhl zu, während er sich auf seinen Bürostuhl fallen liess.

«Ach was», winkte ich ab und setzte mich, »schon morgen wird eine neue Sau durchs Dorf gejagt und an mich erinnert sich niemand mehr.»

«Da täuschen Sie sich aber. Im Internet-Zeitalter halten die peinlichen Momente ewig. Ihr Video wurde auf YouTube schon über dreitausendmal angeklickt. Sie sind ein Star.»

«Hören Sie auf», sagte ich erschrocken. Stahl schüttelte genussvoll den Kopf und zeigte auf den Bildschirm seines Computers. Er scherzte nicht. *Irrer Abwart* hiess der Filmausschnitt, mit dem ich mich auf YouTube zum Affen machte.

«Sagen Sie bloss, Sie haben es noch nicht gesehen! Wahrscheinlich hat der Videojournalist, den Sie vom Hof geprügelt haben, alles online gestellt. Zu den beiden Jugendlichen, die den Journalisten verjagen, gibt's auch einen Film, aber die haben nur zwölfhundert Klicks.»

«Ich bin eigentlich gekommen, um meine Aussage zu bestätigen», versuchte ich das Gespräch in seriösere Bahnen zu lenken.

«Ach ja, stimmt», sagte Stahl gutgelaunt. «Machen wir das noch, der Vollständigkeit halber.» Er hantierte konzentriert am Computer und wenig später spuckte der Drucker zwei Seiten aus. Stahl legte sie mir vor. Meine Aussage war auf einer Seite zusammengefasst.

«Der Fall ist unterdessen gelöst», sagte er, während ich las.

«Anscheinend. Ich habe es in der Zeitung gelesen. Ich frage mich, wer die Presse informiert hat.»

«Wir sicher nicht. Unsere Pressekonferenz ist erst in zwei Stunden.» Er reichte mir einen Kugelschreiber. «Da unten können Sie unterschreiben, bitte beide Exemplare.»

«Stimmt denn, was die Journalistin schreibt?»

«Der Fall ist gelöst, da hat sie recht.» Stahl lehnte sich zurück und verschränkte die Hände hinter dem polierten Schädel. «Oder so gut wie. Der Saufkumpan war es. Ihr Nachbar. Auch da hat sie recht.»

«Georg Wirz? Ach was? Hat er etwa gestanden?»

Stahl legte die Hände auf die Tischplatte. «Noch nicht, weil er sagt, dass er sich nicht mehr erinnert. Ich bin aber sicher, dass die Erinnerung zurückkehrt. Zurzeit weiss er nur noch, dass er mit Holliger getrunken, sich mit ihm gestritten und ihm gedroht hat.»

«Worüber gestritten? Womit gedroht?»

«Das geht Sie nichts an, aber Sie wissen doch, Säufer finden immer einen Grund zum Streiten.»

«Sie sind sich Ihrer Sache ja ziemlich sicher. Sind denn die Spuren schon ausgewertet?»

«Gewiss, sie bestätigen die Geschichte. Es war ja sonst keiner da. Eine Nachbarin hat um halb zwölf vom Balkon hinuntergeschaut und die beiden gesehen. Sie ist auf den Balkon hinausgegangen, weil es laut geworden war.»

«Helen Keller-Koch?», fragte ich.

Sie hatte mit Stahl gesprochen. Ausserdem kannte ich ihr kleines Geheimnis. Wenn der Mann und die Kinder im Bett lagen, dann rauchte sie ab und zu eine Zigarette. Heimlich und versteckt auf dem kleinen, hofseitigen Küchenbalkon. Die Kippen spickte sie einfach in den Hof hinunter, wo ich sie dann zusammenlas. Ihr Lippenstift verriet sie, trotzdem hatte ich sie nie darauf angesprochen. Auch das gehörte zum guten Zusammenleben. Wahrscheinlich war sie deshalb auf dem Balkon gewesen, nicht wegen des Lärms.

Stahl schüttelte den Kopf. «Auch das kann ich Ihnen nicht sagen, aber die Aussagen aller Anwohner decken sich. Niemand hat an diesem Abend im Hof jemand anderen als Georg Wirz und Rolf Holliger gesehen. Es war ja mitten in der Woche und es war ziemlich kühl. Man muss schon einen sitzen haben, dass man einfach hocken bleibt.»

Ich musste an Marko denken, der noch eine dritte Stimme gehört hatte.

«Ich kann das einfach nicht glauben. Ich kenne Georg seit fünfundzwanzig Jahren. Nie habe ich gesehen oder davon gehört, dass er gewalttätig geworden wäre. Der hat keinem seiner Kinder je nur eine Ohrfeige verpasst. Der erschlägt doch nicht plötzlich einen wegen irgendeiner Nichtigkeit.»

«Sie meinen, er hat kein Motiv?» Stahl lächelte.

«Genau, das meine ich. Das Motiv fehlt.»

«Schauen Sie gerne den Krimi am Dienstagabend oder den *Tatort*?»

«Ich habe keinen Fernseher», antwortete ich. Als ich noch einen hatte, hatte ich tatsächlich oft *Derrick* und *Der Alte* geschaut. Mit einer Zimmerantenne. Aber als der Fernseher den Geist aufgab, kaufte ich keinen neuen mehr.

«Aber Sie lesen gern welche?»

Das konnte ich nicht gut abstreiten. Immerhin hielt ich einen in den Händen.

«Sehen Sie, das ist der Unterschied zwischen einem Krimi und dem richtigen Leben. Im Krimi gibt es immer ein Motiv. Liebe, Eifersucht, Geld, Neid, Verrat. Der Täter plant alles minutiös und bringt dann das Opfer auf raffinierte Weise um. In Wirklichkeit ist das nicht so. Von Berufsverbrechern einmal abgesehen, leben Menschen, die ein Tötungsdelikt begehen, bis zu ihrer Tat vollkommen unauffällig. Oft sind es sogar die besonders Sanften, die Menschen die jahre- und jahrzehntelang geduldig alles in sich hineingefressen haben, die eines Tages ausrasten und jemanden umbringen. Fünfundneunzig Prozent der Tötungsdelikte werden von Männern verübt. Sind die Opfer Frauen, handelt sich meist um die Ehefrau oder Partnerin, kurz nach der Trennung ist die Gefahr für eine Frau, von ihrem Partner umgebracht zu werden, am grössten. Ist das Opfer ein Mann, ist es meist ein Unbekannter oder ein flüchtiger Bekannter, der den Tropfen liefert, der das Fass zum Überlaufen bringt. Der Gerichtsvollzieher, der Sozialarbeiter, der Nachbar. Oder eben ein Trinkkumpan. Es sind genau die Leute, von denen man es sich nicht vorstellen kann, die andere umbringen. Von dem her entspricht Wirz perfekt dem Täterprofil. Er musste ja viele Schicksalsschläge und Demütigungen einstecken in seinem Leben. Da muss sich eine Menge aufgestaut haben. Eines Tages fliesst zu viel Alkohol, jemand sagt etwas Falsches und peng, explodiert alles.»

Stahl lehnte sich wieder in seinem Bürostuhl zurück, verschränkte wieder die Arme hinter dem Kopf und schlug die Beine übereinander.

Natürlich hatte ich darauf keine Antwort. Ich nahm an, dass seine Ausführungen stimmten. Konnte es sein, dass er auch bei Georg Wirz recht hatte?

«Aber daran würde er sich doch erinnern. Man erschlägt doch niemanden und legt sich dann schlafen und weiss am Morgen nichts mehr davon.»

«Auch das ist nicht untypisch. Schon gar nicht bei einem chronischen Alkoholiker wie Wirz. Er hat wahrscheinlich ständig Filmrisse. Wacht angezogen im Bett oder auf dem Fussboden auf. Nur merkt das normalerweise keiner. Die Erinnerung kann aber auch plötzlich zurückkommen. Darauf hoffe ich noch. Manchmal braucht es nur den richtigen Trigger, damit sich jemand wieder erinnert. Manchmal genügt ein Geräusch oder ein Geruch, und alles wird so durchlebt, als würde es gerade erst geschehen. Allerdings ist das Gehirn von Wirz ziemlich geschädigt durch den jahrzehntelangen Alkoholmissbrauch. Dasselbe gilt übrigens auch für Holliger.»

«Was, dass er einen Filmriss hatte?»

«Nein, dass sein Gehirn schon stark geschädigt war. Darum ist er wohl auch gestorben von dem Schlag, der nicht einmal allzu heftig war. Die Flasche ist ja erst am Boden zerbrochen. Sein Gehirn war aufgedunsen vom Medikamentenmissbrauch. Da braucht es nicht viel. Da hatte Wirz auch Pech. Wenn er Ihnen die Flasche über den Schädel gezogen hätte, wären Sie wahrscheinlich nicht mal zu Boden gegangen. *Bad luck*.»

Ich fasste mir unwillkürlich an den Kopf.

«Glauben Sie, das reicht, um ihn zu verurteilen?»

«Verurteilen tun die Richter, ich kläre nur die Delikte auf», er grinste wieder. «Ich würde mir um Wirz keine allzu grossen Sorgen machen. Das gibt höchstens einen Totschlag, wahrscheinlich sogar Körperverletzung mit tödlichem Ausgang. Der Mann ist alt und gebrechlich, wahrscheinlich nicht hafterstehungsfähig. Wird ein paar Jahre in der Psychiatrischen verbringen, wo man für ihn kocht, wäscht und putzt. Wahrscheinlich geht es ihm da besser als vorher, allein in seiner Wohnung.»

Stahl nervte mich. Ich wollte ihm erklären, dass Wirz durchaus nicht völlig allein gewesen war, dass wir schon auf ihn aufgepasst hatten. Oder redete ich mir das nur ein? Sah ich unsere Siedlung zu idealistisch? Wollte ich es einfach nicht wahrhaben, was für Abgründe es auch bei uns gab?

«Wenn Sie heute erst die Presse informieren, woher hat Claudia Egger denn die ganze Geschichte? Was glauben Sie?»

Stahl sah mich an und grinste. «Sie kennen sich offenbar nicht aus mit der Presse. Glauben Sie wirklich, alles, was in der Zeitung steht, sei recherchiert und nachgeprüft? Sie sind ziemlich naiv. Vielleicht hat sie einfach gut geraten. Was glauben Sie, wie oft Journalisten das machen? Sie beschreiben ein sehr wahrscheinliches Szenario.

Wenn es sich als richtig herausstellt, waren sie die Ersten und haben gewonnen. Wenn nicht, ist die Sache schnell vergessen.»

«Riskieren sie damit keine Klagen?»

«In einem Fall wie diesem kaum», sagte Stahl. «Ausserdem hat sie ja recht. Sie hat wohl ein gutes Näschen, nicht nur ein hübsches», lachte er.

Er schaute auf die Uhr. «Sonst noch etwas, Herr Zingg? Ich muss noch die Pressekonferenz vorbereiten. Ich will nicht auch so ein Kommunikationsdesaster verantworten wie Sie.» Wieder lachte er. Ein Mann, der gerne lachte und am liebsten über seine eigenen Witze.

«Wo ist Wirz jetzt?», fragte ich.

«In einer Klinik. Der Mann ist krank, und wir wollen nicht riskieren, dass er uns hier in der U-Haft die Schraube macht. Wir haben ihn in den Entzug geschickt. Auf Staatskosten.»

»Dürfen Sie das überhaupt? Ihn so einfach einweisen?»

«Wir haben ihn nicht eingewiesen, er hat es selber gewünscht. Ich hätte auch die U-Haft verlängern können, aber ich glaube nicht, dass er uns abhaut. So ist allen gedient. Wir wissen, wo er sich aufhält, und er wird medizinisch betreut.»

«Eine echte Win-win-Situation», sagte ich.

«So ist es.» Stahl klatschte in die Hände und stand auf. «Ich bringe Sie nach unten.»

«Ach, bevor ich es vergesse», sagte ich, als wir die Tür zum Entree erreicht hatten. «Ich soll Sie von Sandra Brunner grüssen.»

Warum ich das sagte? Männliche Intuition. Frauen bilden sich ja weiss Gott was ein auf ihr Sensorium. Blödsinn. Ein Gespür hat man, oder man hat es nicht. Das hat nichts mit dem Geschlecht zu tun.

«Ach so.» Stahl grunzte. Er grunzte wie ein Mann, der an eine Frau dachte, mit der er Spass gehabt hatte, die dann aber irgendwie zu anhänglich geworden war, obwohl er doch von Anfang an gesagt hatte, er sei ein einsamer Wolf und immer unterwegs und was halt ein vierzigjähriger Mann mit einer Harley, einer Lederjacke und einem geregelten Einkommen an Lebensklischees so zum Besten gibt. Er grunzte noch einmal und schlug mir mit der Linken auf die Schulter, während er mit der Rechten die Tür zum Entree öffnete. Der Schlag war fürs Kumpelhafte deutlich zu kräftig.

«Nicht vergessen: YouTube: *Irrer Abwart.* Ich wette, Sie kommen noch auf fünftausend Klicks.» Auch darüber musste er furchtbar lachen. Ich machte, dass ich weiterkam.

## 5. Kapitel

Immerhin kannte ich jetzt einen möglichen Grund, warum Sandra nichts mehr von mir hatte wissen wollen. Wahrscheinlich lag die Affäre mit Stahl noch nicht sehr lange zurück. Und vermutlich war deren Ende für ihre schlechte Laune verantwortlich. Ich fragte mich, ob ich nun den Status des gelegentlichen Bettpartners wiedererlangen konnte, und schämte mich sogleich ein wenig, dass ich daran dachte, das tragische Geschehen zu meinem Vorteil zu nutzen.

Als ich mit dem Velo am Moorgarten 55 vorbeifuhr, dem Haus, in dem Rolf Holliger gewohnt hatte, stand Leonesi, der Abwart, vor der Tür und rauchte eine Zigarette. Er war ein kleiner bulliger Mann, der tatsächlich immer ein blaues Übergewand trug und meist hässig war. Kein Wunder. Sein Job war nicht eben leicht. In dem heruntergekommenen Haus waren fast nur Drogensüchtige, Alkoholiker und andere Menschen untergebracht, die irgendwie gestrauchelt waren. Das Sozialamt zahlte. Hugo machte sich die Finger nicht dreckig, der schaute nur, wer ein Zimmer bekam, kümmerte sich um die Wechsel und um Mieter, die zu viel Ärger machten. Er war der Mann fürs Grobe, Leonesi der Abwart, der putzte, flickte und versuchte, einen Anstrich von Normalität zu erhalten. Als er vor dreissig Jahren eingezogen war, wurden die Appartements noch ausschliesslich von Saisonniers bewohnt, die mit wenig Hab und Gut für jeweils neun Monate blieben. Italiener hauptsächlich. Sie arbeiteten auf dem Bau oder in den Fabriken, die es damals noch gab. Nach neun Jahren durften sie ihre Familie nachholen und in eine Wohnung ziehen. Oder sie gingen heim. Oder blieben irgendwie hängen, weil sie es verpasst hatten, hier oder in der Heimat eine Frau zu finden. Wie Leonesi. Der auf dem Bau gearbeitet und dann einen Unfall gehabt hatte. Sein linkes Bein war seitdem steif. Er war damals froh gewesen, die Stelle als Abwart zu bekommen. Dazu gehörte die kleine Zweizimmerwohnung im obersten Stock, die einzige, die ein eigenes Bad und eine eigene Küche hatte. Die anderen Männer im Haus, die teils aus derselben Gegend wie Leonesi stammten, kamen abends vorbei, man spielte Karten, redete, trank Rotwein, sang Lieder und schuf so eine kleine Insel Heimat inmitten der Fremde. Doch das war lange her. Die Leute, die jetzt im Haus wohnten, rissen ihm den letzten Nerv aus. Trotzdem war Leonesi immer noch hier, ein Gestrandeter, dem seine vertraute Welt mindestens zweimal schon abhandengekommen war. Die süditalienische Heimat. Die Enklave in der Fremde. Trotzdem zog er nicht weg. Wohin auch? In dem Dorf, in dem er aufgewachsen war, kannte er niemanden mehr. In seinem Heimatland hätte man ihn als reichen Schweizer behandelt und es ihm krummgenommen, wenn er nicht ständig etwas springen lassen hätte. Dafür reichte seine IV-Rente nicht. Eine andere Wohnung konnte er sich auch kaum leisten. Doch vielleicht hatte er auch Angst, woanders in der Anonymität zu versinken. Trotz allem Ärger, den er hatte, trotz des Lärms und des Drecks war er hier der Capo. Die Bewohner kannten ihn. Wenn sie ihn nicht achteten, so fürchteten sie ihn zumindest.

Das Haus Im Moorgarten 55 war ein Relikt aus den Zeiten, als das Viertel eine Menge Probleme hatte. Es war ein paarmal verkauft worden, auch die Genossenschaft hatte sich darum bemüht, war aber nicht zum Zug gekommen, weil der Preis einfach zu hoch war für so eine Bruchbude. Ohne die Zuschüsse vom Sozialamt wäre sie nicht profitabel zu führen gewesen. Trotzdem galten die Besitzer solcher Häuser nicht als Sozialschmarotzer.

«Edi», rief Leonesi mir zu. Ich bremste und gab ihm zur Begrüssung die Hand. «Was sind das für Geschichten. Hab dich in der Zeitung gesehen.»

Ich winkte ab. «Du solltest nicht alles glauben, was in der Zeitung steht.»

«Tu ich nicht», brummte er. «Sind doch alles Lügner. Aber das mit Holliger, das stimmt schon, oder?»

Ich nickte und stieg vom Velo. Leonesi zündete sich eine neue Zigarette an, nicht ohne mir auch eine anzubieten. Ich hätte sie beinahe genommen.

«War die Polizei eigentlich mal hier?», fragte ich.

Er schüttelte den Kopf. «Warum sollten sie?»

«Na ja, wegen Holliger. Haben sie sich nicht in seinem Zimmer umgesehen?»

Er schüttelte den Kopf.

«Seltsam», sagte ich.

«Willst du?», fragte er.

«Was?»

«Sein Zimmer anschauen. Früher oder später muss ich sowieso reinschauen. Wahrscheinlich die Entsorgung organisieren.» Er machte eine resignierte Handbewegung. «Wie viele Male hab ich das schon gemacht? Du kannst dir gar nicht vorstellen, wie manche Leute hausen. Wie die Schweine. Nein, schlimmer. Ganz furchtbar. Die Verwandten, wenn es welche gibt, hüten sich natürlich, etwas damit zu tun zu haben. Bleibt alles an mir hängen. Besser, wenn ich schon weiss, was mich erwartet. Also komm.»

«Wenn du meinst.»

Er drückte unten eine Zahlenkombination auf die Tastatur. 5-4-3-2. Weil die Leute immer wieder mal ihre Schlüssel vergassen und er keine Lust hatte, dass sie vor der Tür rumkrakeelten, war diese Schliessanlage eingebaut worden. Der Code hätte eigentlich komplizierter sein und öfters gewechselt werden sollen, aber das war in diesem Haus aussichtslos.

Holliger wohnte ebenfalls im obersten Stock, auf der anderen Seite der Wohnung von Leonesi. Auf den unteren Stockwerken gab es je vier Zimmer. Leonesi zog einen grossen Schlüsselbund hervor und verschob die Schlüssel mit geübten Fingern, als seien es die Perlen eines Rosenkranzes. Schon hatte er den richtigen gefunden und schloss auf. Das Appartement war dunkel. Der Rollladen war heruntergelassen.

«*Gopfertami*», entfuhr es mir, als er das Licht einschaltete.

Das Zimmer, das etwa vier auf fünf Meter gross war, war tipptopp aufgeräumt und sauber, sogar einen Teppich hatte Holliger verlegt. Das Erste, was ins Auge stach, war der riesige Fernseher, der dem Bett gegenüber auf einem niedrigen Möbel stand. Darunter ein Bluray-Player und daneben ordentlich aufgestapelt ein paar Filme. Ich schaute sie durch. Hauptsächlich Kriegs- und Actionfilme, ein paar Pornos.

Auf einem Schreibtisch beim Fenster stand ein Computer. Ich kannte mich nicht aus mit Computern, aber es schien kein schlechtes Modell zu sein. Unter dem Schreibtisch entdeckte ich ein rundes Ding, einen Roomba, einen Saugroboter. Auf dem Tisch lag ein iPad. Wofür er das wohl gebraucht hat? Im Gegensatz zu mir war Holliger in Sachen Unterhaltungselektronik auf dem neuesten Stand.

«Mann, das ist ein ganz neuer Fernseher, voll HD-tauglich», staunte Leonesi. «Woher er den wohl hat? Der war doch immer blank, hat alles versoffen.»

«Wer weiss, vielleicht hat er die Sachen irgendwo geklaut. Machte er Einbrüche oder so was?»

«Das glaube ich nicht. Dafür fehlten ihm die ruhige Hand und die Nerven.»

«Für einen Säufer war er auf alle Fälle sehr ordentlich.»

«Hat er sicher im Knast gelernt», sagte Leonesi.

«Wieso meinst du?»

«Er war viel drin. Hat er mir selber gesagt. Leute, die lange Zeit im Knast oder beim Militär waren, gewöhnen sich oft an, ihr Zimmer picobello im Schuss zu halten.»

«Für was war er im Knast?»

«Hat er nicht gesagt, und ich hab nicht gefragt.»

«Wie konnte er sich all diese Geräte leisten, wenn er stier war und keine Brüche machte?»

Leonesi zuckte mit den Schultern. «Ich weiss nicht.»

«Darf ich mich umschauen?»

«Mach nur.»

Es dauerte nicht lange, bis ich einen Ordner von seinem Postcheckkonto fand. Darauf wurde das Geld vom Sozialamt überwiesen. Die Miete ging direkt an die Hausverwaltung, bei der Hugo angestellt war. Der Rest des Geldes wurde innert zwei, drei Wochen vom Automaten abgehoben, dann war oft mehrere Tage Ebbe in der Kasse.

Womit Holliger seine elektronischen Geräte auch immer bezahlt hatte, vom Sozialamt stammte das Geld nicht.

Bezahlt hatte er sie aber. In einer Schreibtischschublade fand ich ein paar Quittungen. Der Fernseher 1200.–, der Roomba 450.–, der Computer 2500.–, der Bluray-Player 450.–, das iPad 730.–. Er hatte sich keine billigen Geräte gekauft. Seine finanzielle Situation hatte sich erst vor etwa drei Monaten verbessert. Alle Quittungen waren in diesem Zeitraum ausgestellt worden. Da sie gleichzeitig als Garantie dienten, hatte er sie wohl aufbewahrt. Bei der Bezahlart stand immer: Bar.

Holliger war zu Geld gekommen, zu Bargeld. Nebeneinkünfte. Er hatte es schlau angestellt. Seit man den Sozialhilfeempfängern strenger auf die Finger schaute, wäre es unvorsichtig gewesen, mit Geld um sich zu werfen. Hier in seinem Zimmer sah niemand seinen neuen Wohlstand. Solange er niemanden zu sich nach Hause nahm.

«Hatte der Holliger eigentlich viel Besuch?»

Leonesi schüttelte den Kopf. «Nein, der hatte keine Freunde.»

«Keine Frauen?»

«Ach was, der war so lange auf Drogen früher, ich glaub nicht, dass der noch …» Leonesi machte eine eindeutige Handbewegung.

«Na ja, irgendwie schon. Was wollte er sonst damit?» Ich hob einen der Pornos hoch.

Leonesi zuckte mit den Schultern.

«Erstaunlich, dass ihm nie etwas gestohlen wurde», sagte ich.

Leonesi klopfte gegen die Tür. «Das ist das Einzige, was je renoviert wurde. Die Türen haben Dreifachverriegelung und alles. Sie wurden zu oft eingeschlagen und eingedrückt. Von Junkies, Dealern, Gläubigern, Gehörnten. Darum sind die Türen aus Stahl, und die kriegst du nicht auf. Unterdessen weiss man das, und wir haben mehr Ruhe im Haus. Was passiert jetzt?»

«Ich weiss nicht. Wir lassen alles, wie es ist. Vielleicht kommt die Polizei ja doch noch.»

Leonesi zuckte mit den Schultern. Wir verliessen das Haus.

Ich verabschiedete mich von ihm und radelte in die Siedlung.

Vom Magazin aus rief ich Stahl an und erzählte ihm, was ich gefunden hatte. «Na und?», fragte er. «Ich bin kein Sozialdetektiv. Ausserdem, wie Sie ganz richtig bemerkt haben, ist Holliger tot.»

«Aber er muss zu Geld gekommen sein.»

«Vielleicht hat er gedealt. Der Mann war dreissig Jahre auf der Gasse. Sein Vorstrafenregister ist so dick wie das Telefonbuch vom Kanton Thurgau.»

«Es waren keine Drogen in der Wohnung.»

«Hören Sie zu, Zingg. Ich schlage Ihnen einen Deal vor: Ich sage Ihnen nicht, wie Sie Ihren Job machen sollen, und Sie halten sich aus meinem raus. Dann schau ich sogar drüber hinweg, dass Sie sich unbefugt Zutritt zu Holligers Wohnung verschafft haben. *Got it, Buddy?*» Er hängte auf.

Die Flugblätter lagen schon am nächsten Morgen in allen Briefkästen. Später sah ich auch die Plakate, die überall aufgehängt worden waren.

*Sicherheit im Quartier* lautete der Titel. Ein Komitee «Sicherheit und Zukunft» rief zu einer Veranstaltung auf. Sie sollte am Mittwochabend im alten Gemeindesaal stattfinden. Obwohl ich ein Auge auf die Lokalpolitik hatte, war mir dieses Komitee völlig unbekannt. Es trat zum ersten Mal in Erscheinung, schien aber gut organisiert zu sein und über einige Mittel zu verfügen. Vielleicht steckte eine Partei dahinter. Es war ein beliebter Trick, anstatt als Partei für einen Zweck zu weibeln, so zu tun, als sei es eine Bürgerinitiative, die das Thema aufgreift, als komme das Anliegen aus dem Volk.

Auf dem Flugblatt, das an alle Haushaltungen der Gemeinde verteilt worden war, prangte die Graphik einer dunklen Gestalt mit Hut, die einen Sack auf dem Rücken trug, und einen Knüppel in der Hand hielt. Eine Mischung aus Räuber Hotzenplotz und Mafiosi.

Im Text war von einer Zunahme der Eigentumsdelikte die Rede und natürlich von dem Mord. *Welches Quartier wünschen wir uns? Für uns und unsere Kinder? Podiumsgespräch mit anschliessender Diskussion.*

Die Tage bis zu der Veranstaltung verliefen ohne besondere Vorkommnisse. Fast kehrte wieder so etwas wie Normalität ein. Als wäre alles nur ein böser Traum gewesen.

## 6. Kapitel

Es war Mittwochabend, und das Volk strömte zu der Veranstaltung. Bald waren alle Sitzplätze belegt, Klappstühle mussten organisiert werden. Ich lehnte mich seitlich an die Wand. Auf dem Podium sass ein Mann Ende sechzig. Gross, schwer, schlohweisses Haar, teurer Anzug, weisses Hemd, goldene Uhr, Siegelring, diese seltsame ledrige Bräune im Gesicht, die man in den siebziger Jahren als kernig empfunden hatte und die suggerierte, dass man den Sommer auf der Jacht im Mittelmeer und den Winter in den Bergen beim Skifahren verbrachte. Der Mann plauderte locker mit Helen, die zu seiner Linken sass. Neben Helen sass Claudia Egger, die Journalistin von *20Minuten*. Bütikofer, der Vorsitzende unsrer Genossenschaft, sass ebenfalls auf dem Podium und blätterte nervös in seinen Unterlagen. Ganz aussen hockte noch einer vom Gemeinderat. Draussen im Foyer gab es Mineralwasser und Süssgetränke aus Eineinhalbliter-PET-Flaschen, dünnen Filterkaffee, Chips und Salzstangen vom Discounter. Es war Selbstbedienung und entsprechend schnell war alles weg.

Punkt halb acht ging es los. Die Türen wurden geschlossen, die Journalistin begrüsste das zahlreich erschienene Publikum. Ihr Kollege vom Regionalfernsehen war auch wieder da und sogar der junge Mann vom *Blick,* dem ich eins auf die Nase gegeben hatte, war gekommen. Beide sassen in der ersten Reihe.

«Mein Name ist Claudia Egger», begann die Journalistin, obwohl ihr Name auch auf dem kleinen Kartonschild, das vor ihr stand, zu lesen war. «Ich bin heute als Moderatorin eingeladen worden» – auch das stand auf dem Schild –, «weil ich schon viel über die Vorfälle hier in der Gemeinde berichtet habe und als Journalistin neutral bin.»

Ich lachte ein wenig zu laut. Sie stellte die anderen Podiumsteilnehmer vor.

«Neben mir sitzt Helen Keller-Koch, besorgte Anwohnerin und Mutter, dann der Präsident des Vereins *Sicherheit und Zukunft* Franz Schwartz.»

*«Grüezi mitendand»,* rief dieser mit kräftiger Stimme ins Publikum.

«Zu meiner Linken Herr Bütikofer von der Problemsiedlung Mordgarten ...» Sie machte eine Kunstpause, damit das Publikum lachen konnte, was es auch tat. «Pardon, Moorgarten natürlich, und schliesslich Herr de Agostini vom Sozialdepartement der Gemeinde.»

«Als Erstes möchte ich Ihnen für Ihr zahlreiches Erscheinen danken», übernahm Schwartz das Wort. «Das Thema brennt offenbar unter den Nägeln. Viele von euch kennen mich. Ich wohne seit über zwanzig Jahren hier. Unsere Gemeinde steht am Scheideweg. Nachdem es eine Zeitlang aufwärtsgegangen ist, droht nun der Rückfall in finstere Zeiten. Die Kriminalität in gewissen Quartieren hat wieder deutlich angezogen.»

«Fragen wir doch eine Betroffene», versuchte die Moderatorin die Kontrolle wieder an sich zu reissen.

«Frau Keller-Koch, Sie wohnen in der betroffenen Siedlung. Wie kommen Sie mit den schrecklichen Ereignissen der letzten Tage zurecht?»

Helene sagte etwas, das man nicht verstand. «Sie müssen näher ans Mikrophon.» Die Journalistin rückte es ihr zurecht.

«Es war natürlich schon ein Schock. Ein Mord vor der eigenen Haustür. Ein Mörder in unserer Siedlung. Es ist für uns Erwachsene schon schwierig zu verarbeiten, aber für die Kinder ist es besonders schlimm. Sie sind verstört und fragen immer wieder, was passiert ist. Sie schlafen schlecht, wachen mitten in der Nacht auf, haben Angst.»

Ich dachte an ihre Tochter Sina und was sie über dieses Pack gesagt hatte. Sie wirkte nicht gerade verstört. Auch sonst schienen mir die Kinder im Hof nicht anders als sonst. Der Mord war ein Thema, gewiss. Aber eins, das schon am Abflauen war.

«Es ist erst Anklage gegen unseren Mieter erhoben worden», versuchte Bütikofer richtigzustellen. «Es ist noch nicht erwiesen, dass der Mörder aus der Siedlung stammt.»

«Meinen Informationen nach ist es aber so gut wie sicher. Er hat zwar nicht gestanden, aber er streitet es auch nicht ab. Der Mann ist ein schwerer Alkoholiker», unterbrach ihn die Moderatorin. «Womit wir gleich bei einer interessanten Frage sind. Sollten Süchtige in der Nähe von Familien und Kindern leben, Herr Bütikofer?»

«Herr Wirz wohnt schon seit dreissig Jahren in unserer Siedlung, und wir hatten keinen Grund, ihm zu kündigen.»

«Ja, aber dieser Tisch, den er illegal vor seiner Wohnung aufgestellt hat, der hat halt gewisse Leute angezogen. Das entwickelte sich zu einem richtigen Alkoholikertreffpunkt und da gab es immer wieder mal Rabatz», ereiferte sich Helen.

«Davon ist mir nichts bekannt, bei uns sind keine Beschwerden eingetroffen.»

«Ja, weil wir uns eben einiges gewohnt sind und nicht gleich zur Verwaltung rennen. Wir sind tolerant.»

«Vielleicht zu tolerant», warf Schwartz ein. «Ich verstehe, dass man ein Herz für sozial Schwächere hat. Das habe ich auch. Sehen Sie, mein Unternehmen besitzt die Liegenschaft Im Moorgarten 55. Da wohnen nur Menschen, die durch die Maschen gefallen sind. Wir bieten ihnen einen Ort, an dem sie sein können, weil man sie sonst nirgends will. Aber sie sind unter sich, und wir passen gut auf, dass im Haus selber Ordnung herrscht.»

Ich dachte an die Berichte von Leonesi und das, was ich in dem Gebäude gesehen hatte. Es war ziemlich dicke Post, das als soziales Engagement hinzustellen.

«Aber wenn man Sozialfälle, Alkoholiker, integrationsunwillige Ausländer und solche Menschen mit Familien und anständigen Leuten zusammensteckt, dann ist das eben, wie wenn man einen faulen Apfel in einen Korb mit gesunden legt. Es verdirbt den ganzen Korb. Und die gesunden gewöhnen sich an die Fäule. Eben weil sie meinen, die Toleranz gebiete es. Das ist aber genau falsch. Damit tut man niemandem einen Gefallen.»

«Also in der Genossenschaftssiedlung wohnt niemand, der Sozialhilfe bezieht», wandte der Mann vom Gemeinderat ein. «Das möchte ich gerne festgehalten haben. Der Ausländeranteil liegt etwas unter dem Durchschnitt der Gemeinde.»

Jemand aus dem Publikum rief: «Alles Papierlischweizer.»

«Was ist denn genau gewesen, Frau Keller-Koch? Sind in letzter Zeit mehr Dinge vorgefallen im Quartier oder speziell im Moorgarten?»

«Ja also eben, seit es warm geworden ist, wurde an diesem Tisch da beim Wirz oft bis in die Nacht getrunken und krakeelt», sagte Helen.

«Vielleicht ist es Zeit, unsere Runde zu öffnen und einmal zu fragen, was für Erfahrungen andere Leute gemacht haben», wandte sich die Moderatorin an den Saal.

Sofort gingen Hände in die Höhe. Zwei junge Frauen mit Mikrophonen tauchten an der Seite auf, und die Journalistin suchte die Leute aus, die etwas sagen sollten. Die meisten beschwerten sich ganz allgemein über Lärm und Ausländer und Jugendliche, die bedrohlich wirkten. Ich musste an Luca und David denken. Wenn jemand zu einer Tirade anhob, wurde er abgeklemmt. Auch Herr Tschopp kam an die Reihe. Er stellte sich mit Namen und Wohnort vor. «In letzter Zeit wurde oft an die Wände uriniert. Das roch schon übel, wenn ich am Morgen aus dem Haus kam.»

Zustimmendes Gemurmel im Saal.

«Ausserdem wurde bei uns vor drei Wochen der Keller aufgebrochen und Schnaps gestohlen.»

«Ja, warum hast du das nicht gemeldet?», rief ich spontan, und die Moderatorin, die mich eigentlich massregeln wollte, weil es schön der Reihe nach gehen sollte, lächelte, als sie sah, wer dazwischengerufen hatte.

«Aha, da haben wir ja jemanden, der Bescheid wissen sollte. Herr Zingg, der berühmte Abwart vom Moorgarten. Bringt ihm doch mal das Mikrophon.» Sie lächelte. «Wer ihn nicht persönlich kennt, hat ihn bestimmt im Fernsehen oder auf YouTube gesehen. Er benutzt mitunter gern schlagkräftige Argumente.» Gelächter im Saal, während die junge Frau mit dem Mikrophon fast bei mir angelangt war. «Ich hoffe, Sie halten sich heute zurück, Herr Zingg.»

«Keine Angst, meine Damen. Wenn hier einer blöd tut, dann sorge ich eigenhändig für Ruhe und Ordnung.» Schwartz stand auf. Er war fast zwei Meter gross und an die hundertfünfzig Kilo schwer. Trotz seines Alters und seines Gewichtes wirkte er vital. «Mit solchen Burschen werde ich allemal fertig. Ich war früher Kranzschwinger.» Er setzte sich wieder. Die Leute lachten beruhigt.

Unterdessen war die junge Frau bei mir angelangt, und ich hatte vergessen, was ich eigentlich sagen wollte.

«Ja, Herr Zingg. Sie wollten Stellung nehmen», sagte die Moderatorin ungeduldig.

«Ich will hier nur festhalten, dass wir Herrn Zinggs Verhalten gar nicht gutheissen und ihm einen schriftlichen Verweis erteilt haben», sah sich Bütikofer geneigt zu erklären. So ein mieser Hund. Zustimmendes Gemurmel im Publikum.

«Wenn Sie eine professionelle Hauswartung brauchen», grinste Schwartz und zog umständlich ein Kärtchen aus dem Portemonnaie, das er der Moderatorin zuschob, mit dem Kinn auf Bütikofer deutend, an den sie es weitergab. «Dann rufen Sie mich an. Mein Unternehmen *Facility Solutions* ist Marktführer auf dem Platz.»

«Ich wollte nur sagen, dass es bei uns in der Siedlung in den letzten Wochen tatsächlich zu ein paar kleinen Vorfällen gekommen ist, aber das ist normal, wenn es warm wird. Ich habe mit Herrn Wirz darüber gesprochen, dass er für seine Gäste verantwortlich ist und wir den Tisch sonst abräumen müssen. Der Tisch wurde übrigens genau darum stehen gelassen, damit die Leute, die eins trinken wollen, nicht die Picknicktische belegen, an denen die Familien grillen und essen.»

«Ja, aber es ist doch nicht lustig, mit den Kindern im Hof zu bräteln, wenn nebenan die Alkoholiker krakeelen», sagte Helen.

«Bis jetzt hat es mit dem Wirz keine Probleme gegeben, und es hat niemanden gestört. Zumindest hat mir das niemand gesagt.»

«Vielleicht weil Sie diesen Leuten zu nahe standen?», warf Schwartz ein. «Man hört, Sie seien am Feierabend auch ganz gern dort gehöckelt.»

Eine Mischung aus Lachen und Knurren ging durch den Saal.

«Ich versuche, mit allen in der Siedlung ein gutes Verhältnis zu haben. So löst man die Probleme am einfachsten, meiner Erfahrung nach.»

«Offenbar hat da jemand eine andere Ansicht und löst die Probleme lieber mit Gewalt, und dagegen haben Sie kein Rezept», sagte Schwartz. «Da nützt Ihre Kuscheltaktik dann nichts mehr.»

Zustimmendes Gelächter.

«Kommen wir zu einem anderen wichtigen Thema», übernahm die Moderatorin wieder, die sah, dass ich heute nicht den Affen machen würde. «Kommen wir zur Zukunft.»

Aha. Jetzt kommt's, dachte ich.

«Wie Sie alle wissen, gibt es ein grosses Bauprojekt der Genossenschaft Moorgarten, die Überbauung Mattenbach. Ist es aufgrund der Erfahrungen der letzten Wochen für die Quartierentwicklung wünschenswert, dass dieses Projekt umgesetzt wird?»

Der Mann vom Gemeinderat sagte wieder einmal etwas. Nämlich, dass die Einkommen im Quartier in den letzten Jahren gestiegen seien, dass die Schule von den Neuzuzügern profitieren würde, und allerlei andere Zahlen und Statistiken, die den Leuten bald auf die Nerven gingen.

Schwartz sprach sich dezidiert dagegen aus, drehte die Sache so, dass die Probleme des Quartiers und die Probleme der Genossenschaft dieselben gewesen seien. Bütikofer versuchte das ungeschickt zu korrigieren und machte Werbung für das Bauprojekt. Helen, die das Schlusswort hatte, wusste nicht recht. Es gefiel ihr ja schon bei der Genossenschaft, aber sie wusste nicht, ob diese in der Lage war, eine so grosse Siedlung zu managen. Bütikofer versicherte es, und Schwartz machte einen Witz, dass man das ja schon im Mordgarten gesehen habe.

Die Journalistin bedankte sich bei ihren Gästen und dem Publikum, und dann war fertig. Die Leute strömten nach draussen, wo noch eifrig diskutiert wurde. Ich verschwand durch den Notausgang.

## *7. Kapitel*

Die Versammlung bekam viel Presse. Wie Bütikofer befürchtet hatte, blieb die Siedlung ein Thema. Von verunsicherten Anwohnern, einem Quartier unter Schock und natürlich dem «Mordgarten» war die Rede. Obwohl der Artikel nicht von der Moderatorin geschrieben worden war, wusste ihr Blatt, dass der Täter unterdessen in einer Entzugsklinik einsass.

Vielleicht war es an der Zeit, mit ihm zu sprechen. Es gab eigentlich nur eine kantonale Entzugsklinik, jene, in der ich Wirz schon einmal besucht hatte. Es war einen Versuch wert. Ich wusste zwar nicht, ob er wirklich dort untergebracht war und ob sie mich zu ihm lassen würden, aber ich wollte es wenigstens versuchen.

Man liess mich ohne Umstände zu Wirz. Er war nicht in der Geschlossenen. Wenn er gewollt hätte, hätte er einfach hinausspazieren können. Stahl glaubte wirklich nicht, dass bei Georg Fluchtgefahr bestand. Und damit hatte er recht.

Georg war sehr erstaunt, als mich eine Pflegerin in sein Viererzimmer führte, und freute sich, mich zu sehen. Wir gingen in die Cafeteria hinunter, entschieden uns aber für einen Tisch draussen, der in der Sonne lag.

Wirz sah besser aus. Der Entzug tat ihm gut.

«Also Georg», sagte ich, nachdem wir die üblichen Höflichkeiten ausgetauscht hatten. «Was ist nun wirklich geschehen an jenem Abend?»

Wirz sah mich schuldbewusst an. «Ich weiss es nicht. Ich hatte einen Filmriss.»

«Komm jetzt. Wenn du dem Holliger eine Flasche über den Kopf gezogen hättest, dann wüsstest du das noch.»

«Es tut mir leid. Ich weiss nur noch, dass wir Streit hatten und ich dann hineingegangen bin, weil ich mich aufgeregt habe. Ich weiss noch, dass ich einen grossen Appenzeller getrunken und eine Schlaftablette genommen habe. Das mach ich selten. Nur wenn ich mich beruhigen muss. Sie war zu stark. Danach weiss ich echt nichts mehr.»

«Warum hast du dich denn mit dem Holliger gestritten?»

«Weil er sich schlecht benahm. Er hat in den letzten paar Wochen immer wieder Ärger gemacht. An Hauswände geschifft. Nachts rumgebrüllt, solche Sachen.» Georg nahm meinen Arm. «Ich bin froh, dass man mir in der Siedlung meine Ecke lässt. Ich weiss, dass wir uns anständig benehmen müssen. Die armen Kerle in der Nummer 55 drüben, die hocken den ganzen Tag in ihren Löchern, die haben doch kein Geld für den Spunten. Vielleicht mal ein Bier am Stehtischchen vom Kebabstand. Es ist doch nicht gut, wenn alle allein zu Hause hocken vor dem Fernseher. Der Mensch braucht Gesellschaft. Auch der gefallene Mensch. Das habe ich geboten, und die meisten wussten es zu schätzen. Es gab doch fast nie Ärger, stimmt es nicht, Edi?»

«Bei mir hat sich nie jemand beschwert.» Ich seufzte. «Obwohl jetzt, nach diesem Vorfall, behaupten einige, es habe sie schon immer gestört. Wegen der Kinder und so.»

«Wir haben die Kinder in Ruhe gelassen. Edi, ich habe doch selber Kinder, die in dieser Siedlung aufgewachsen sind. Bei mir herrschten klare Regeln. Der Holliger ist der Einzige, der sich nicht daran gehalten hat. Zumindest in letzter Zeit nicht.»

«Darum hattet ihr also Streit. Was meint denn die Polizei dazu?»

«Na, dass der Holliger halt draussen weitergelärmt habe. Ich sei darum wütend geworden und wieder aufgestanden. Draussen sei der Streit dann eskaliert, und ich habe ihm die Flasche über den Kopf gezogen. Oder dass ich erst nach der Tat reingegangen sei und die Tablette genommen habe. Dass ich mich nicht daran erinnere, sei eine typische Reaktion für jemanden wie mich, sagen sie. Verdrängung. Selbstschutz, so etwas.»

«Die Theorie hab ich auch gehört. Lass dir da nichts einreden. Versuch dich zu erinnern. Der Marko meint, er habe noch die Stimme von jemand anderem gehört. War denn noch jemand bei euch, an dem Abend?»

Georg sah mich erstaunt an, in seinen Augen schimmerte etwas auf. Hoffnung? Erinnerung? Es sah aus, als wolle er etwas sagen. Dann sank er wieder in sich zusammen. «Nein, ich kann es nicht sagen. Ich weiss es nicht. Ich erinnere mich wirklich an nichts. Weisst du, ich hatte den ganzen Tag schon getrunken. Weil ich mich so aufgeregt habe. Der Holliger hat nämlich kürzlich einen Kirsch getrunken an meinem Tisch. Aus einer Flasche ohne Etikette. Am nächsten Tag habe ich erfahren, dass beim Tschopp der Keller aufgebrochen wurde.»

«Du wusstest davon?»

«Ja sicher. Ich kenne den Tschopp doch schon ewig. Er hat mich gefragt, ob ich vielleicht etwas gehört oder gesehen habe. Ob jemand versucht habe, mir Schnaps zu verkaufen. Ganz diplomatisch. Er wollte mich nicht verdächtigen, weisst du. Doch es hat ihn schon aufgeregt. Und zu Recht. Den Kirsch, den kannte ich. Den macht doch dem Tschopp sein Bruder in der Innerschweiz. Den hat er immer angeboten, als ich noch bei ihm eingeladen wurde. Natürlich konnte ich den Holliger nicht verraten, aber ich wollte, dass er sich stellt und den Kirsch zurückgibt. Von mir aus anonym wieder hinstellt.»

«Was meinte Holliger dazu? War er einverstanden?»

«Nein, woher auch. Er behauptete, die Flasche geschenkt bekommen zu haben, und stritt ab, etwas mit dem Bruch zu tun zu haben.»

«Weisst du, von was der Holliger gelebt hat?»

«IV», sagte Wirz. «Hundertprozent arbeitsunfähig. Der hat anscheinend früher alles genommen, bevor er auf Alk umgestiegen ist. Bekommt aber nicht viel, die werden immer strenger. War immer stier.»

«Bist du sicher?»

«Ja, was meinst du denn? Hat mich ständig angepumpt, und ab und zu hab ich ihm einen Zwanziger gegeben, aber ich hab ja selber nichts.»

«Hat er dir in letzter Zeit mal etwas zurückbezahlt?»

Wirz schüttelte den Kopf.

«Ich hoffe wirklich, dir fällt wieder ein, was in dieser Nacht geschehen ist», sagte ich. «Du bist doch keiner, der einen anderen umbringt.»

Wirz schüttelte langsam den Kopf und sah mich an. «Das kannst du nicht wissen. Ich hätte auch nie gedacht, dass ich als alter, einsamer Säufer ende.»

«Ich hoffe doch, dass das noch nicht das Ende ist, Georg. Wenn du erst wieder draussen bist, bringen wir dich wieder in Form.»

Georg lächelte und zuckte mit den Schultern. Mir schien fast, er war froh, dass ich wieder ging und ihm seine Ruhe liess.

Ich wollte noch mal mit Leonesi sprechen, ob ihm auch aufgefallen war, dass Holliger sich in letzter Zeit schlechter benommen hatte. Doch ich traf ihn nicht an. Dafür traf ich auf Hugo.

«Komm, wir gehen eins trinken», schlug er vor. «Du hast es ja nicht grad leicht in deiner Mördersiedlung.»

«Ja, spotte du nur – ich war mir ja gar nicht bewusst, dass du Sozialarbeiter bist», entgegnete ich auf dem Weg hinüber zum Kebabstand. Hugo nahm sich eine Dose Heineken. Ich nahm ein Efes. Nicht weil es mir besser schmeckte, sondern weil ich wusste, dass es Hugo aufregte.

«Seit wann können denn die Türken Bier brauen?», sagte er missmutig. «Die trinken doch nicht mal Alkohol, das sind doch *Muslems*. Heineken, das ist Bier mit Klasse.»

«Solltest du nicht ein Schweizer Bier trinken, du bist doch sonst immer von der Überlegenheit unseres Landes und seiner Bewohner überzeugt.»

«Der Bewohner? Ach was, die Schweizer sind die allerdümmsten Trottel der Welt. Schau dich doch um. Die lassen sich alles diktieren, lassen sich überall dreinreden, wollen es allen recht machen. Damit richten sie das Land zugrunde. Und das Bier gehört schon lang den Dänen.»

«Darum trinkst du holländisches Bier?»

«Das wird doch auch in der Schweiz gemacht. Am Mittwoch brauen sie Heineken, am Donnerstag Haldengut, am Freitag Amstel und was weiss ich für ein Zeugs.»

«Du kennst dich aus.»

«Das will ich meinen. Darum solltest du auf mich hören. Die Türken, die können kein Bier brauen. Woher auch? Nur ein Idiot trinkt diese Türkenpfütze.»

Trotzdem lud er mich ein. Wir setzten uns an eines der kleinen Plastiktischchen im Innern des winzigen Lokals, obwohl es draussen warm war. Vielleicht wollte Hugo nicht mit mir gesehen werden.

War mein Ruf schon so schlecht, dass der Verwalter eines heruntergekommenen Sozialwohnungsblocks nicht mit mir gesehen werden wollte?

«Der Holliger ist gestern beerdigt worden», sagte er, nachdem er einen tiefen Schluck genommen hatte.

«Schon?», fragte ich erstaunt.

«Ja, im Luzernischen draussen. Seine Familie stammt anscheinend von dort. Er war ein Bauernsohn mit acht Geschwistern. Hatte aber mit allen Krach. Ausser einer uralten Tante ist kein Schwein an die Beerdigung gekommen.»

«Aber du warst da?»

«Ja, bin mit dem Roller hingefahren. Wir kannten uns halt schon lange.»

«Was geschieht jetzt mit seinen Sachen?», fragte ich.

Hugo sah mich misstrauisch an. «Was für Sachen? Der hatte doch nichts. Der war knochenstier. Die Sachen wollte nicht mal das Brockenhaus. Ist alles schon weg. Wir müssen das Zimmer neu streichen. So ein Dreck war da.»

Ich sah ihn erstaunt an. Verdammt. Wenn ich ihm sagte, dass ich wusste, dass Holliger eine Menge brandneuer elektronischer Geräte in der Wohnung hatte, würde Leonesi Ärger kriegen.

Ich vermutete, dass Hugo jetzt einen neuen Fernseher hatte. Ob er auch den Roomba brauchen konnte?

«Ja, stimmt, ihr müsst ja so schnell wie möglich wieder einem Gestrauchelten helfen, dein Chef ist ja der reinste Wohltäter.»

«Der Schwartz? Das ist im Fall ein ganz feiner Kerl. Der hat sich selber hochgekrampft. Mit dem würde ich mich nicht anlegen, wenn ich dich wäre. Der macht dich ein wie Birnenkompott, bevor du papp sagen kannst.»

«Du meinst, weil er so gross und stark ist? Der Jüngste ist er aber nicht mehr.»

Hugo trank ärgerlich einen Schluck. «Du hast ja keine Ahnung. Geh doch mal nach Zürich hinunter, an die Langstrasse, und frag, ob sie den Schwartz kennen.»

«Wieso, war er mal ein Zuhälter, oder geht er gern zu Nutten?», fragte ich. Die Langstrasse in Zürich war eine legendäre Sündenmeile, das Sodom und Gomorra der Schweiz. Zumindest mal gewesen. Doch hier im eigentlich ruhigen Vorort war sie mehr ein Synonym für Unterwelt. Wie die Reeperbahn in Hamburg oder das Pigalle in Paris. Es gab Leute, die in ihrem Leben erst zweimal in Zürich gewesen waren, aber Stein und Bein schworen, dass an der Langstrasse am helllichten Tag Frauen auf der Strasse vergewaltigt würden. Von drogensüchtigen Ausländern.

Hugo winkte ab. «Ich mein ja nur.» Er schaute auf die Uhr, setzte die Bierdose an und trank sie aus. Er knüllte sie mit der Hand zusammen und warf sie in den Abfallkübel, der zwischen Verkaufstresen und Kühlschrank stand. Er traf.

«Du, ich muss. Pass auf dich auf, gell, Edi.»

«Ja, danke für das Bier, Hugo.»

Er war schon weg. Nur um seine Bier-Theorie zu widerlegen, trank ich meine Dose leer. Hugo hatte mich neugierig gemacht. Jetzt nahm es mich aber doch wunder, was es mit dem Schwartz auf sich hatte. Ich konnte ihn mir schon als Milieugrösse vorstellen.

In meiner Wohnung schaltete ich den Computer ein, googelte ein wenig herum. Schwartz wohnte tatsächlich in unserer Gemeinde. Natürlich am Hügel oben, wo die Villen standen. Über Seiten, die Handelsregisterauszüge publizierten, fand ich einige Firmen, bei denen ein Franz Schwartz Eigentümer, Miteigentümer, Zeichnungsberechtigter, Verwaltungsratspräsident oder Verwaltungsrat war. Darunter auch jene Firma für Hauswartungen, die er Bütikofer empfohlen hatte. Doch viel mehr fand ich dabei nicht heraus. Man müsste tiefer graben können. Wenn Hugo nicht nur geblufft hatte, sollte der Schwartz ja bei der Polizei bekannt sein. Stahl würde mir sicher nicht weiterhelfen. Ich musste es bei Sandra versuchen.

## *8. Kapitel*

Schon wieder steckte ein Flugblatt in allen Briefkästen. Ich nahm mein Exemplar ins Magazin hinüber, wo ich mir erst einen Espresso braute, ehe ich es las. Der Verein *Sicherheit und Zukunft* lud zu einer weiteren Versammlung. Sie wurde als Informationsveranstaltung über das Bauprojekt Mattenbach angekündigt. *Alternativen zum Ghetto* stand da in grossen Lettern. Die Veranstaltung war wieder auf den Mittwochabend angesetzt und fand diesmal in der Mehrzweckhalle statt. Offenbar rechnete man mit grossem Publikumsaufmarsch. Es informierte die Allimob AG, ein Unternehmen, dem Schwartz vorstand, wie ich am Abend zuvor festgestellt hatte. Nach dem Informationsblock würde wieder eine Diskussion stattfinden. Diesmal waren aber nur Schwartz und der arme Bütikofer auf dem Podium, und die Moderation übernahm ein ehemaliger Fernsehmoderator. Man fuhr jetzt also die gröberen Geschütze auf.

Nach einem zweiten Espresso räusperte ich mich, gab ein paar Laute von mir, um ja nicht verschlafen zu klingen, und rief Sandra auf dem Posten an.

Sie nahm nach langem Klingeln ab.

«Was willst du?», fragte sie, bevor ich etwas sagen konnte. Sie sah offenbar, wer anrief.

«Nachdem die Journalisten keine Anzeige aufgegeben haben, darfst du dich mit mir in der Öffentlichkeit zeigen, und ich kann dich zum Bier einladen.»

«Von mir aus.»

Keine Begeisterung. Keine Absage. Ein Anfang.

«Wir könnten zu *Big Al's* gehen.»

«Hm, da war ich schon ewig nicht mehr.»

*Big Al's* war ein Restaurant, das ganz im Stil der fünfziger Jahre gehalten war und wo es die besten Hamburger der Region gab. Es befand sich neben dem Einkaufszentrum in einer ehemaligen Tankstelle. Der Laden war gross und wurde von Leuten aus der ganzen Region besucht. Die Chance, jemanden zu treffen, der mich kannte, war gleich null. Bei Sandra war die Chance vielleicht etwas grösser, aber immer noch verschwindend klein. Wir würden unsere Ruhe haben. Ausserdem gab es bei *Big Al's* amerikanisches Bier. Seit Sandra mit neunzehn als Au-pair in Amerika gewesen war, liebte sie Budweiser. Obwohl sie in Indiana damals noch gar keins hätte trinken dürfen. Ein weiterer Vorteil von *Big Al's* war, dass man gut mit den öffentlichen Verkehrsmitteln hinkam, die zum Einkaufszentrum führten. Sandra konnte es sich nicht leisten, angetrunken Auto zu fahren, und ich besass keines. Etwas, das sie zu Beginn unserer Affäre gar nicht hatte glauben können. Ein Mann ohne Auto. Das ging gar nicht.

«Ich brauche keins», hatte ich erklärt. »Ich wohne, wo ich arbeite. Bei uns in der Siedlung gibt es ein Mobility-Auto, falls ich mal etwas transportieren muss.»

«Okay», hatte sie gesagt. So ein langgedehntes *ookaaayy,* das eigentlich «Aber sonst bist du gesund?» bedeutete.

«Sagen wir halb acht?», fragte ich.

«Warum sollte ich mit dir ausgehen, Edi?»

«Ich lade dich zum American-Dream-Cheeseburger ein. Mit Onion Rings.»

«Und einen Apple Pie danach.»

«Das, und so viele Budweiser, wie du trinken kannst.»

«Ich kann eine Menge trinken, aber ich muss morgen arbeiten. Wir werden sehen.»

«Bitte.»

«Bis um halb acht dann.»

Das war doch ziemlich gut gegangen. Ich trat zuversichtlich in den Hof hinaus. Ein paar Kinder waren unterwegs in die Schule.

«Wann kommt der Wirz auf den elektrischen Stuhl?», fragte Toni.

«Oder totschiessen?», fragte Noah.

«Bei uns kommt niemand auf den elektrischen Stuhl», erklärte ich.

«Schade», sie zuckten mit den Schultern und trollten sich.

Ich war pünktlich bei *Big Al's*. Weil es warm war, hatte ich draussen reserviert, auf dem Kiesplatz hinter der Tankstelle. Man sah auf Lagerhäuser, einen Autobahnzubringer und das Parkhaus vom Einkaufszentrum, richtige Industrieromantik. Ich war schon bei meinem zweiten Rolling Rock, als sie kam. Sie trug enge Jeans, Cowboystiefel, ein enges weisses T-Shirt und eine dünne braune Lederjacke. Die Haare waren offen. Ich fragte mich, wie sie ihre Locken jeweils in diesen strengen Rossschwanz zwang, den sie bei der Arbeit trug. An den Ohren prangten grosse silberne Ohrringe. Sie hatte sich sogar dezent geschminkt und schöngemacht. Für mich oder die Männer, die an den anderen Tischen sassen und sich nach ihr umdrehten, als sie den Kiesplatz betrat. Sie gab mir zur Begrüssung zwei Küsse auf die Wange. Hoffnung keimte in mir auf. Vielleicht würde ich ja heute nicht alleine heimgehen.

Sandra liess sich auf den Stuhl gegenüber fallen. «Sorry, dass ich zu spät bin.»

«Kein Problem, du hast sicher Durst.»

Ich winkte der Bedienung und bestellte ein Budweiser und ein weiteres Rolling Rock.

«Sandra, sagt dir der Name Franz Schwartz etwas?», fragte ich.

«Der Immobilienkönig, der die Versammlung organisiert hat?»

«Genau der.»

«Ja klar. Was ist mit dem?»

«Ich wüsste gern mehr über ihn. Über seine Vergangenheit. Ob er Vorstrafen hat. Solche Sachen.»

«Ha, und ich hab schon gemeint, du wolltest nur mit mir ins Bett.» Jetzt lachte Sandra sogar ein bisschen.

Ich schluckte und hoffte, die Chance darauf nicht eben vertan zu haben. Sie wurde wieder ernst.

«Willst du wissen, ob er Dreck am Stecken hat, weil er dir an der Versammlung die Hosen abgesägt hat?»

«Du warst doch gar nicht an der Versammlung?», wandte ich erstaunt ein.

«Ich wohne ja auch nicht in der Gemeinde. Trotzdem weiss ich immer, was läuft», sie grinste vorwitzig. Sah gut aus. Sie hatte wieder bessere Laune.

Das Bier kam und die Speisekarten, die wir wahrscheinlich nicht brauchten. Wir stiessen an. Sandra nahm einen Schluck, stellte die Flasche auf den Tisch und machte entspannt: «Ahh …»

«Ich hab halt so eine Bemerkung aufgeschnappt, dass der Schwartz Milieukontakte hat, und wüsste gern, ob da was dran ist.»

Sandra schaute sich um. Es sass niemand in Hörweite.

«Da ist durchaus etwas dran. Es ist sogar stark untertrieben. Schwartz hat sein Geld im Milieu gemacht und war wohl in den achtziger und frühen neunziger Jahren so etwas wie ein Milieukönig.»

«Oha», sagte ich.

«Er war auch im Gefängnis, aber die Sachen sind alle verjährt. Zuhälterei, Hehlerei, Körperverletzung, sogar ein Mord wurde ihm einmal vorgeworfen. Er wurde aber freigesprochen. Ihm gehörten Bars und Liegenschaften, in denen Prostituierte anschafften, ein paar berüchtigte Adressen darunter. Er war mit den Rockern verbandelt, ohne offiziell dazuzugehören. Als dann die Jugos das Milieu übernahmen, hat er sich aufs Immobiliengeschäft verlegt. Geld hatte er genug verdient, um richtig einzusteigen.»

«Heisst das, dass er heute vollkommen seriös ist?»

«Mehr oder weniger. Ihm gehören schon noch Liegenschaften, in denen Bordelle untergebracht sind.»

«In Zürich, an der Langstrasse?»

Sandra lachte. «Du bist süss. Dort läuft doch heute fast nichts mehr. Die Bordelle sind heute in den Industriezonen der Agglomeration. In der Gemeinde, in der du wohnst, gibt es allein sechs davon.» Sie grinste und nahm meine Hand. «Davon weiss natürlich der brave Genossenschaftsabwart nichts.» Sie seufzte. «Manchmal beneide ich dich um deine Naivität. Du hast deine kleine Welt, und was ausserhalb von der passiert, das kriegst du gar nicht mit.»

Eigentlich wollte ich ihr widersprechen. Doch erstens hatte sie angedeutet, dass ihr das an mir gefiel, und zweitens stimmte es wahrscheinlich.

«Die Puffs befinden sich heute in Gewerbeliegenschaften, sind angeschrieben, haben Parkplätze und Internetseiten, nehmen Kreditkarten und werben auf Plakaten.»

«Da ist also nichts Anrüchiges mehr dran?»

«So wie das in den Liegenschaften von Schwartz betrieben wird, nein. Das ist alles völlig legal, wie auch seine Blöcke für die Sozialfälle.»

«Immerhin etwas», sagte ich. «Ganz so sauber ist der Saubermann also doch nicht. Woher weisst du denn das alles?»

«Ha», sagte Sandra. «Das wüsstest du gern.»

Ich zuckte mit den Schultern. «Hast du Hunger?»

Sie kippte ihr Bier. «Und wie!»

Wir bestellten das Essen.

«Lange her, dass wir zusammen aus waren», sagte ich. «Wie läuft es denn so bei dir?»

Sie zuckte mit den Schultern. «Nicht schlecht.» Einen Moment verdüsterte sich ihre Miene. «Wieder besser. Ich hatte eine mühsame Phase», lächelte sie dann.

«Männer?», fragte ich.

Sie schnaubte, nahm einen grossen Schluck Bier, knallte die Flasche auf den Tisch, so dass sich ein paar Leute umdrehten, und wischte sich mit dem Handrücken den Mund ab.

«Genau, aber jetzt ist es vorbei. Das Kapitel ist abgeschlossen.»

Ich hoffte, dass sie nicht die Männer ganz allgemein meinte. Obwohl ich ja nicht ganz sicher war, ob sie mich überhaupt zu denen zählte. Ich nickte darum nur verständnisvoll und nippte an meiner grünen Flasche.

Obwohl ich wusste, dass es vielleicht ungeschickt war, fragte ich: «Was ist denn dieser Stahl für einer?»

«Ein Arschloch», kam es wie aus der Pistole geschossen. Sie nahm wieder einen Schluck Bier und schüttelte den Kopf. «Nein, ein Arschloch vielleicht nicht, aber ein aufgeblasener Wichtsack.» Sie seufzte. «Aber ein sehr erfolgreicher Wichtsack. Es heisst, er könnte der nächste Kommandant der Kripo werden. Seine Erfolgsquote ist enorm hoch, er löst seine Fälle fast ausschliesslich durch Geständnisse. Niemand bringt die Leute so zum Reden wie er, das ist echt phänomenal. Der Mann hat Charisma, er kann auf die Leute eingehen, so dass sie sich verstanden fühlen, das Gefühl haben, er sei ihr Freund. Und ohne es zu merken, liefern sie sich damit ans Messer.»

Sie machte eine Pause, und ich dachte daran, dass Stahl bei mir seinen Zauber nicht hatte spielen lassen. Er wollte wohl nicht, dass ich das Gefühl hatte, er sei mein Freund.

«Ausserdem kommt er bei den Frauen gut an», fügte Sandra hinzu.

Die Hamburger kamen. Sie lächelte wieder. «Jetzt haben wir aber genug über die Arbeit und meine Kollegen geredet, okay?»

«Okay.»

Eine Weile redeten wir gar nicht, weil wir unsere Hamburger verzehrten. Dann bestellten wir noch eine Runde Bier und redeten über andere Dinge. Musik, Konzerte, auf denen ich nicht gewesen war. Ich brachte sie sogar ein paarmal zum Lachen.

Weil doch noch nicht ganz Sommer war, wurde es langsam kühl. Ich bezahlte die Rechnung. Einen Moment standen wir unschlüssig vor dem Lokal herum.

«Wollen wir ein Stück zu Fuss gehen?», schlug Sandra vor.

«Wir müssen aber nicht in dieselbe Richtung», gab ich zu bedenken.

«Du kannst noch auf einen Absacker zu mir kommen», sagte sie. Wir gingen los, sie hängte sich bei mir ein. Wir gingen den Weg am Bach und am Waldrand entlang. Ich legte ihr den Arm um die Hüfte. Sie steckte ihre Hand in die Hintertasche meiner Jeans. Erst als wir wieder auf die Strasse kamen, in der Nähe der Blocksiedlung, in der sie wohnte, löste sie sich.

Ich folgte ihr in die Wohnung hinauf. Sie brachte zwei Dosen Budweiser. Wir tranken, dann küsste sie mich. Zwischen den Bierschlucken küssten wir uns heftiger, zerrten an unseren Kleidern. Wir knutschten wie die Teenager. Doch dann machte sie sich los und setzte sich auf.

«Tut mir leid», sagte sie. «Es geht nicht.»

«Okay», sagte ich, und es muss ziemlich enttäuscht geklungen haben.

Sie sah mich an. «Ach Edi. Ich habe gedacht, es ginge, aber irgendwie geht es nicht. Im Moment bin ich einfach nicht bereit für so unverbindliches Zeug.»

«Es muss ja nicht so unverbindlich sein», versuchte ich es. Ich meinte es ernst.

Sie schüttelte den Kopf. «Edi, das ist süss. Ich hab dich gern, aber ich glaube, ich stehe nicht wirklich auf dich.»

«Ich weiss», sagte ich möglichst neutral. «Ich verstehe.»

«Nein», sagte sie. «Das tust du nicht, ich versteh es ja selber nicht ganz. Früher hatte ich kein Problem damit, und ich dachte, ich hätte auch jetzt keins damit. Ich hab mich eigentlich darauf gefreut. Nächstes Mal kann es wieder anders sein. Aber jetzt geht es nicht, und ich muss dich bitten zu gehen.»

Ich stand auf und richtete meine Kleider.

«Bitte, nimm es mir nicht übel, Edi. Es war ein schöner Abend», sie stand ebenfalls auf und nahm meine Hand. «Es war seit langem der beste Abend, den ich hatte, und ich hätte ihn gern so enden lassen wie früher. Aber ich kann es einfach nicht.»

«Kein Problem», sagte ich. «Du musst dich nicht rechtfertigen.»

Sie seufzte. «Ach, du bist immer so nett und verständnisvoll. Das macht dich nicht unbedingt sexy, weisst du?»

«Ich verstehe», sagte ich und fand, dass das eine geistreiche Antwort war, doch die Ironie schien ihr zu entgehen.

Sie brachte mich zur Tür und umarmte mich kurz. «Ich melde mich», sagte sie, schob mich hinaus und schloss ab.

Ich ging zu Fuss nach Hause. Ich überlegte, ob sie recht hatte. War ich wirklich ein Softie geworden? Ich kam mir nicht wie einer vor und hatte auch nie einer sein wollen. Oder war ich das nur in ihren Augen? Andererseits, im Vergleich mit Stahl war ich der reinste Waschlappen. Sie stehe nicht auf mich, hatte sie gesagt. Stand ich denn auf sie? Ja, das tat ich, und seit diesem Abend irgendwie mehr als je zuvor. War ich jetzt auch noch Masochist geworden?

Realistisch gesehen würden wir kein Paar werden, dazu waren wir wohl doch zu verschieden. Sie trank Budweiser. Ich Rolling Rock. Sie ass Cheeseburger. Ich Avocado-Burger. Sie war Polizistin. Ich Abwart. Über diesen Problemen brütend, erreichte ich nach einem dreissigminütigen Fussmarsch meine geliebte Siedlung. Still lag sie da. Friedlich. Sie hatte schon recht, Sandra, das hier war meine Heimat. Das hier war meine Welt. Oder vielleicht war ich auch nur besoffen und sentimental.

## *9. Kapitel*

Ein Hoch auf das amerikanische Bier! Ich hatte am nächsten Morgen keinen Kater, obwohl ich nicht viel geschlafen hatte.

Um elf bekam ich eine SMS von Sandra. «*Sorry again Kuss S*»

Obwohl ich eigentlich zu tun hatte, beschloss ich, mir die Bordelle anzusehen, die Schwarz in unserer Gemeinde betrieb. Die Adressen zu finden war nicht schwer, Sandra hatte recht gehabt, die Salons hatten alle Webseiten, ich sah die Fotos der Frauen, las, was sie anboten, und auch die Preise waren säuberlich aufgelistet. Ich musste daran denken, was Sandra gesagt hatte. Es stimmte. In diesen Dingen war ich sehr naiv. Vorher war mir keines dieser Etablissements aufgefallen. Natürlich wusste ich nicht, welches der Bordelle Schwartz gehörte. Das stand dann doch nicht auf der Webseite. Aus diesem Grund radelte ich sie nacheinander ab. Einige waren eher versteckt und wirkten billig, einfache bunte Tafeln wiesen den Weg: *Salon Karibik. Studio Relax.* Zu manchen Etablissements fehlte auf dem Klingelschild jeder weitere Hinweis: Die Namen *Chez Jasmine, Ecstasy Escorts* standen dort neben denen irgendwelcher Import-Export-Firmen, Softwarebuden und Speditionsgeschäften. Bald hatte ich genug gesehen. Ich fuhr zurück in die Siedlung, wo ich mir im Magazin einen Kaffee kochte und den Kindern beim Spielen zusah.

Die Kleinen spielten Fussball. Chantal sass an einem der Picknicktische und las in einem Buch. Schön war sie, meine kleine Welt. Wozu auch nach draussen gehen?

Für die Versammlung am Mittwochabend zog ich ein Hemd, einen dünnen Kittel und eine elegante Leinenkappe an, klemmte meine Notizen unter den Arm und machte mich rechtzeitig auf den Weg. Wie vermutet, war die Veranstaltung gut besucht. Die Mehrzweckhalle war gross. Hier fanden sonst Sammlerbörsen, Vereinsversammlungen, Treffen von Freikirchen oder der Kirchenbasar statt, aber auch Hallenfussball-Turniere, Volleyball oder Badminton. Das Gebäude war ein Betonmonster aus den frühen achtziger Jahren, als jede Gemeinde so einen Saal haben musste. Sogar Konzerte hatte es gegeben, aber dem war wegen Lärmklagen bald der Riegel geschoben worden. Der Saal konnte in drei Teile, die je einem Volleyballfeld entsprachen, unterteilt werden, je nach Bedarf. Heute stand der ganze Saal zur Verfügung. Offenbar hatte sich Schwartz die Sache etwas kosten lassen. Der ganze Raum war bestuhlt, so dass alle bequem sitzen konnten. Die Gemeinde, das wusste ich, besass ältere und weitaus weniger Stühle, Schwartz hatte an alles gedacht.

Eine Bühne war aufgebaut worden, darauf befand sich das Podium, im Hintergrund hing eine ziemlich grosse Leinwand, die den Anlass ankündigte. Sehr professionell.

Draussen standen Gläser mit Rot- und Weisswein bereit, Orangensaft und Mineralwasser. Kellner und Serviceangestellte in schwarzen Westen und langen Schürzen füllten nach. Die meisten hatten sich schon mit einer Jacke den Stuhl reserviert. In den Saal mit hineinnehmen durfte man die Gläser nämlich nicht. Beim Eingang wachten vier grosse Männer in schwarzen Phantasieuniformen darüber, dass man draussen austrank. Langsam strömten die Leute hinein.

Als alle drin waren, betrat Schwartz die Bühne und kündigte eine echte Sensation an. Man habe Tag und Nacht gearbeitet, um ein Alternativprojekt für den Mattenhof auf die Beine zu stellen, und damit alle für die kommende Gemeindeversammlung informiert seien, in der es zu entscheiden gelte, was auf dieser Wiese gebaut werden sollte, wolle er das Projekt kurz vorstellen. Schwartz verliess die Bühne. Es wurde dunkel im Saal. Auf der Leinwand erschien ein Schriftzug. *Der Mattenhof: Zukunft und Sicherheit.*

Es war ein kurzer, professionell gemachter Film. Man sah die Wiese, man sah pittoreske Aufnahmen unserer Gemeinde, Kamerafahrten durch den alten Dorfkern, Luftaufnahmen. Hatten sie dazu extra einen Helikopter gemietet? Eine Frauenstimme, die zu fünfundachtzig Prozent seriös und zu fünfzehn Prozent erotisch klang, zählte die Vorteile auf, in dieser Gemeinde zu wohnen, und kündete dann an, dass möglichst vielen Menschen, insbesondere Familien, dieses Paradies zugänglich zu machen das Ziel einer neuen Siedlung auf Gemeindegebiet sein müsse.

Auf der Wiese erschien ratzfatz eine riesige, ansprechende Siedlung. Es war eine echt beeindruckende Computergraphik, die sehr realistisch wirkte und kaum in nur so kurzer Zeit erstellt worden war. Sah aus, als hätte Schwartz schon lange darauf gewartet, sein Projekt zu präsentieren. Zwischen den Häusern sah man Menschen, Bäume und sogar einen Teich. Nicht weniger als vier Spielplätze gab es. 200 modernste Eigentumswohnungen sah das Projekt vor. Ich musste zugeben, es sah gut aus. Wer, ausser mir, wollte nicht so wohnen? In diese schöne, glatte Welt eintauchen, in der es keinen Dreck und keine Sorgen gab, wo die Menschen schön und die Kinder fröhlich waren. Wo niemand sich scheiden liess, alt wurde oder zu saufen begann. So verlockend wie ein Hamburger im Werbespot einer der grossen Ketten. Die im Restaurant dann nie so gut aussahen.

Das Licht ging wieder an. Der Moderator betrat die kleine Bühne. Ein Raunen ging durch den Saal. Der aus dem Fernsehen, der Echte, er ist es wirklich. Wenn auch lange her, seit er am Bildschirm zu sehen war.

«Genossenschafts- oder Eigentumswohnungen, welches ist die familienfreundlichere und nachhaltige Siedlungsform?», begann er, nachdem er das Publikum begrüsst hatte. «Dies ist die wichtige Frage, die wir heute hier aus aktuellem Anlass diskutieren wollen. Wie Sie alle wissen, wurde die Baulandreserve Mattenhof umgezont und soll bald überbaut werden. In zwei Wochen beschliesst die Gemeindeversammlung über das Projekt. Wegen der Vorfälle der letzten Wochen hat sich eine Bürgerinitiative aus der Gemeinde entschlossen, das vorher gezeigte Alternativprojekt einzureichen, nachdem der Gemeinderat eigentlich vorhatte, das Projekt der Genossenschaft zu bewilligen. Ich bitte jetzt Herrn Schwartz und Herrn Bütikofer auf die Bühne.»

Die beiden kamen herauf, Schwartz mit federndem Schritt, ganz der Schwinger, der in den Ring steigt, bereit zum Hosenlupf, während Bütikofer mit seiner Nussgipfelpostur angeschlichen kam, als hätte man ihn herbeigeprügelt. Er fühlte sich sichtlich unwohl, und als man ihm Gelegenheit gab, notabene ohne Beamer und Film, das Genossenschaftsprojekt vorzustellen, entschuldigte er sich, dass er nicht besser vorbereitet sei, er habe nicht gewusst, dass es hier um eine Präsentation ginge, er habe geglaubt, es ginge um ein Gespräch. Er fasste, so gut er konnte, zusammen: 160 Wohnungen, Gemeinschaftsräume, Platz für eine Kinderkrippe. Zahlbarer Wohnraum, der der Spekulation entzogen wurde.

«Sehen Sie, genau das höre ich gar nicht gern. Ich bin kein Spekulant», unterbrach ihn Schwartz.

«Das habe ich nicht gesagt», verteidigte sich Bütikofer.

Der Moderator gab ihm recht. «Das hat er nicht gesagt.»

«Die Genossenschaften haben einen wichtigen Beitrag geleistet, zweifelsohne», übernahm Schwartz. «Damals, als die Arbeiter von den Hausbesitzern ausgebeutet wurden. Sie haben die Sache selber in die Hand genommen. Davor habe ich tiefen Respekt. Ich bin selber ein Arbeiterkind, Herr Bütikofer, mein Vater ging in die Fabrik. Mit 55 wurde er invalid und ist mit 58 Jahren gestorben. Ich weiss die sozialen Errungenschaften sehr zu schätzen. Ich bin keiner, der auf den Maximalprofit aus ist. Diese Gier heutzutage, die ist mir genauso zuwider wie Ihnen. Doch die Zeiten haben sich geändert. Es gibt praktisch keine Industriearbeiter mehr, der Wohlstand ist beträchtlich gestiegen, die finanziellen Möglichkeiten der Durchschnittsfamilie sind heute ganz andere als früher. Die Genossenschaften verzerren den Wettbewerb, weil sie die Wohnungen unter dem Marktpreis abgeben.»

Bütikofer widersprach. Die Diskussion schwappte hin und her und drohte in finanztechnischen Aspekten zu versanden, als Schwartz das Ruder wieder an sich riss.

«Sehen Sie, es ist heute erwiesen, dass mehr als ein Drittel der Leute, die in Genossenschaftswohnungen leben, sich auch Marktpreise leisten könnten. Das Bauland ist begrenzt, vor allem in der Stadt und dem gut erschlossenen Umland, wie bei uns. Das heisst nichts anderes, als dass jene, die auf dem verbleibenden knappen Boden höhere Mieten zahlen müssen, diejenigen subventionieren, die es sich in den Genossenschaften gemütlich gemacht haben.»

«Ja, aber was ist mit den anderen zwei Dritteln? Jenen, die sich die Mieten nicht leisten können?», fragte Bütikofer. «Dürfen die nur noch an Randlagen wohnen?»

«Lassen Sie mich doch ausreden, dazu komme ich ja gerade. Darum wollen wir ja keine Miet-, sondern Eigentumswohnungen bauen. Lassen Sie mich eine einfache Rechnung machen.»

Er zog eine Fernbedienung aus der Jackentasche und auf der Leinwand erschien eine schöne Tabelle, mit Kaufpreis, Hypozins, monatlicher Belastung, dargestellt in verschiedenen Farben.

«Sehen Sie, die monatliche Belastung für eine vergleichbare Wohnung ist bei uns nur etwa fünfzehn Prozent höher als bei Ihnen. Dafür haben die Familien etwas von der Wertsteigerung. Sie finanzieren sozusagen ihre Altersversicherung gleich selber. Beim heutigen Zinsumfeld und der Inflation verliert Erspartes mindestens fünf Prozent pro Jahr, während der Liegenschaftswert ständig steigt.»

Das liess die Leute aufhorchen.

«Ja, aber wenn der Hypozins steigt, eine Immobilienkrise kommt, dann stehen die Leute verschuldet auf der Strasse, wie in den USA oder in Spanien.»

«Das kommt mir tatsächlich spanisch vor», scherzte Schwartz. Die Leute lachten. «Das ist doch eine ganz andere Ausgangslage. So etwas kann bei uns nicht vorkommen. Lassen Sie mich doch ausreden. Nehmen wir doch mal die Leute aus Ihrer Siedlung, die gut verdienen.»

«Ich hab gemeint, bei uns gäbe es nur Sozialfälle und Ausländer», wagte Bütikofer einen Scherz.

«Nein, nein, es ist doch klar, dass sich bei Ihnen schon längst wohlhabende Familien eingemietet haben. Nehmen wir das Beispiel von einem Akademikerehepaar mit zwei Kindern, sie Schweizerin, er Deutscher. Die wohnen bei Ihnen in einer günstigen Fünfeinhalbzimmerwohnung, zu diesem Mietzins.» Damit konnte er nur die Keller-Kochs meinen. Mir war, als hätte ich Helen erschreckt husten hören.

Auf der Leinwand erschien eine neue Graphik. *Beispiel deutscher Akademiker,* lautete der Titel.

Unten stand bereits der von Schwartz genannte Mietzins.

«Nehmen wir mal an, der Mann verdient so viel wie ein Uniprofessor.» Auf der Graphik erschien ein neiderweckender Betrag, etwa das Dreifache von meinem Jahressalär.

*«Aso nei»,* das war jetzt eindeutig Helen.

«Es ist ja nur ein Beispiel», beruhigte Schwartz. «Sagen wir also, ein deutscher Akademiker mit diesem Einkommen wohnt mit seiner Familie in der Genossenschaft, dann zahlt er nur zwanzig Prozent von seinem Einkommen als Miete, also deutlich weniger als der Durchschnitt.»

Die ganzen Zahlen erschienen auf der Graphik. Der deutsche Akademiker schien zu leben wie die Made im Speck, während die anderen sich zur Decke strecken mussten. «Wir alle wissen, dass die Deutschen Geiz geil finden.» Gelächter, nicht nur fröhliches, im Saal. «Das wäre schon in Ordnung, aber diese Familie wird subventioniert von Leuten, die wahrscheinlich weniger verdienen.»

Zustimmendes, aber auch wütendes Gemurmel. Nichts hören die Leute lieber, als dass sie die Betrogenen sind.

«Es gibt bei uns eine Einkommensobergrenze, da passen wir schon auf. Ich weiss nicht, woher Sie diese Zahlen haben, sie stimmen auf alle Fälle nicht. Nicht in unserer Siedlung», wehrte sich Bütikofer.

«Lassen Sie Herrn Schwartz doch ausreden», wies der Moderator ihn zurecht.

«Wenn jetzt dieser deutsche Akademiker», Schwartz machte eine Pause, und eine neue Graphik erschien, «oder, noch lieber, ein ganz normaler, mittelständischer Schweizer Familienvater bei uns eine gleich grosse, aber nach dem neusten Topstandard ausgebaute Wohnung kauft, zahlt er nur rund fünfzehn Prozent mehr pro Monat. Nach zwanzig Jahren gehört ihm die Wohnung, und wenn wir die durchschnittliche Wertsteigerung von Wohneigentum der letzten dreissig Jahre veranschlagen, ist seine Wohnung dann so viel wert.»

Auf der Leinwand erschien die Zahl: *1.000.000.*

«Eine Million», sagte Schwartz, falls es jemand nicht gemerkt haben sollte.

Durch den Saal ging ein ungläubiges, aber auch begeistertes Raunen.

«Sehen Sie», triumphierte Schwartz. «Das ist genau der Punkt. Die durchschnittliche Familie fährt mit uns besser. Selbst wenn jemand so viel verdient wie ein deutscher Akademiker und so billig wohnt wie er, diesen Betrag zusammenzusparen, das wird ihm nicht gelingen. Nicht einmal der grösste Geizkragen schafft das. Der wahre soziale

Wohnungsbau, der soziale Wohnungsbau für die Mittelklasse ist das Wohneigentum. Und um Ihre Frage von vorher zu beantworten: Wenn jenes Drittel, das ihre günstigen Wohnungen belegt, obwohl es sich Eigentum leisten könnte, dieses erwirbt, hat es genug Platz für einkommensschwächere Familien, und so wird auch Druck vom Markt genommen. So profitieren alle. Alle zahlen weniger und haben mehr davon. Das ist die Chance für die Zukunft. So müssen wir es machen, meine Damen und Herren. Draussen liegen Broschüren auf, in denen wir unser Projekt vorstellen und Finanzierungsbeispiele für verschiedene Einkommensklassen durchgespielt haben. Ich will Sie hier nicht mit schönen Bildern blenden. Ich bin kein Teppichhändler. Mir geht es um die Zukunft. Um die Zukunft und die Sicherheit für Familien. Um die Zukunft unserer Gemeinde.»

«Bravo!», rief einer. «Jawohl!», ein anderer, und dann wurde tatsächlich geklatscht. Als Bütikofer an die Reihe kam und erklären konnte, dass Schwartz' Modell auf den besten Annahmen basierte und niemand garantieren konnte, dass sowohl die Zinsen tief, die Konjunktur gut und die Immobilienpreise hoch blieben, unterbrach ihn Schwartz barsch.

«Ja, man kann natürlich immer nur alles herunterputzen und dagegen sein. Das ist genau das Problem. Sie haben Angst vor der Zukunft, weil Ihr Konzept eines aus der Vergangenheit ist. Die Genossenschaften sind ein Modell, das sich überlebt hat. Wir aber sind die Zukunft und wir blicken zuversichtlich nach vorne.»

Wieder brandete Applaus auf, und der Moderator griff nun doch noch ein und bat um Ruhe.

«Dann wollen wir jetzt wissen, was Sie, die Betroffenen denken. Es sind vier Mikrophone im Saal. Ja, der Herr da hinten.»

«Mein Name ist Dieter Keller-Koch. Ich bin der deutsche Akademiker aus der Siedlung und ich will nur richtigstellen, dass ich keinesfalls so viel verdiene, wie Herr Schwartz hier vorgerechnet hat.»

«Mein lieber Mann, ich habe doch gesagt, das ist nur ein hypothetisches Beispiel. Den Lohn hab ich aus dem statistischen Jahrbuch des Kantons. Der stimmt. Aber ich unterhalte mich nach der Veranstaltung gerne mit Ihnen über das Wohneigentum, das zu Ihrem Einkommen passt. Ich bin sicher, da liegt etwas Schönes drin.»

Helens Mann wurde rot und setzte sich. Helen sah ich nur von hinten. Sogar von hinten sah sie unglücklich aus. Sie musste sich ausgenutzt vorkommen. Sie hatte Schwartz bei der letzten Veranstaltung noch unterstützt, ohne zu wissen, worauf es hinauslief. Sie wollte wohl wirklich nur ihre Bedenken und Sorgen äussern. Vielleicht auch ein bisschen Anwohnersprecherin sein. Dass sich jetzt alles gegen unsere Genossenschaft und insbesondere gegen ihre Familie richtete, musste sie schmerzen.

Die Publikumsdiskussion war nun richtig lanciert, und bald ging es hoch her. Als wiederholt vom Mordgarten, den Asozialen, der Kriminalität und mangelnder Sicherheit die Rede war, meldete ich mich zu Wort und bekam sogar eines der Mikrophone.

«Herr Schwartz, Sie sagen, bei uns gäbe es Kriminelle. Es stimmt, dass einer unserer Mieter im Zusammenhang mit einem Tötungsdelikt verhaftet wurde und wahrscheinlich angeklagt wird. Gerade Sie sollten doch Verständnis dafür haben. Sie waren doch selber des Mordes angeklagt und mehrmals im Gefängnis.»

Ein Raunen ging durch den Saal. Schwartz hielt sich die Hand über die Augen, um zu sehen, wer da sprach.

«Ah, der Abwart. Noch so einer, der am liebsten von der Vergangenheit spricht.»

Zustimmendes Gelächter. «Auch von meiner Vergangenheit. Aber ich glaube, die ist Privatsache. Was die Justiz als erledigt und verjährt anschaut, damit sollten auch Sie die Leute nicht öffentlich diffamieren. Wie gesagt, ich komme aus einfachsten Verhältnissen und habe alles mit meinen eigenen Händen erarbeitet. Dass ich mir dabei vielleicht die Hände auch einmal schmutzig machen musste, das will ich gar nicht abstreiten. Ich war jung und ehrgeizig.»

«Wollen Sie denn in Ihren Eigentumswohnungen auch Bordelle unterbringen, wie am Isenrain 8, an der Talstrasse 45 oder am Reiherweg 12? Das sind doch alles Ihre Liegenschaften, und in allen gibt es Puffs?»

Nun wurde das Raunen im Saal lauter. Mir schien, ich hatte gepunktet. Obwohl die Adressen geraten waren. Ich hatte einfach die edleren Bordelle gewählt.

«Meine Unternehmungen verwalten oder besitzen über zweihundert Immobilien. Ich habe weiss Gott nicht jeden einzelnen Mieter im Kopf. Was ich jedoch garantieren kann ist, dass keinerlei illegale Aktivitäten geduldet werden. Die Prostitution ist bei uns hier in der Gegenwart legal. Wenn Sie das anstössig finden, ist das nur ein weiteres Indiz, dass Sie immer noch in der Vergangenheit leben.»

«Wir sind jetzt ein wenig weit vom Thema abgekommen, ich glaube, es ist Zeit, die Diskussion zu beenden», übernahm der Moderator das Zepter.

Er liess Bütikofer und Schwartz ihr Schlusswort sagen, dankte dem Publikum, wies auf das Infomaterial, die Getränke und einen Imbiss hin, der im Foyer serviert wurde. Offeriert vom Komitee *Sicherheit und Zukunft*. Dort könne man natürlich auch noch weiterdiskutieren.

Die meisten drängten sich alsbald um die Getränke und die Mini-Sandwiches und Chäschüechli, die auf Tabletts durch das Foyer getragen wurden. Es wurde tatsächlich heftig diskutiert. Schwartz hatte einen Stand aufbauen lassen, hinter dem attraktive, gutgekleidete Männer und Frauen Broschüren verteilten und Adressen notierten. Bütikofer, der kein Infomaterial dabeihatte, wurde von ein paar Leuten umringt. Nicht allzu vielen. Als er mich sah, winkte er mich zu sich.

«Danke», sagte er. «Was Sie gesagt haben, tut zwar nichts zur Sache, aber es hat immerhin ein wenig Zweifel gesät. Ich bin heute Abend vorgeführt worden wie ein Tanzbär. Man hat mir nichts davon erzählt, dass ein Gegenprojekt vorgestellt wird. Ich habe mich nur auf eine Diskussion über verschiedene Formen des Siedlungsbaus vorbereitet. Einen Moment habe ich mir überlegt, ob ich aus der Veranstaltung laufen sollte, aber das hätte noch schlechter ausgesehen.» Er seufzte. «Ich weiss nicht, wie wir das Blatt noch wenden sollen bis zur Gemeindeversammlung. Das ist eine Katastrophe für die Genossenschaft. Wir haben schon viel Geld in die Planung gesteckt, das Projekt war ja so gut wie gesprochen. Wenn wir den Zuschlag nicht bekommen, können wir in echte Schwierigkeiten geraten.»

«So weit wird es schon nicht kommen», ich legte ihm die Hand auf die Schulter. «Kopf hoch, Herr Bütikofer, wir reissen das Steuer schon noch herum.»

Er sah mich an und lächelte. Es war kein sehr zuversichtliches Lächeln.

## *10. Kapitel*

Meine Zuversicht erhielt am nächsten Tag einen empfindlichen Dämpfer. Im *20Minuten,* das schon wieder unter der Tür des Magazins klemmte, war ein grosser Bericht über die Versammlung, bei der das vielversprechende und zukunftsweisende Projekt von Schwartz lobend beschrieben wurde. Unten an der Seite war ein Kasten: *Neue Entwicklungen im Fall Mordgarten: Verdächtiger zurück in U-Haft.*

Darin schrieb Claudia Egger, dass der dringend Tatverdächtige G.K. sich in der Klinik, in der er interniert gewesen war, mit anderen in den Fall involvierten Personen getroffen hatte. Deshalb sei der Mann wegen Kollusionsgefahr zurück in die Untersuchungshaft verlegt worden.

Mir wurde fast ein wenig schlecht. Stahl hatte mich sauber hereingelegt. Es war mir doch seltsam vorgekommen, dass man mich einfach zu Wirz vorgelassen hatte in der Klinik. Es war also nichts anderes als eine Falle gewesen, und ich war hineingetrampt wie ein Halbschuh. Nach einem stärkenden Espresso rief ich Stahl an, aber er nahm nicht ab. Wenn stimmte, was da stand, dann nahm es mich langsam, aber sicher wunder, woher Claudia Egger ihre Informationen hatte.

Ich überquerte gerade den Hof, als Helen angejoggt kam. Sie blieb vor mir stehen und zog die Stöpsel ihres Kopfhörers heraus.

«Ist dieser Schwartz wirklich ein alter Zuhälter?», fragte sie.

«Sieht ganz so aus, aber seine Sünden sind vergeben, wie du gehört hast.»

«Von mir nicht. Ehrlich gesagt, fühle ich mich ziemlich mies. Man hat mich reingelegt.»

Ich nickte. Da war sie nicht die Einzige.

«Wenn ich gewusst hätte, dass es um dieses Projekt ging, hätte ich mich nie gegen unsere Siedlung einspannen lassen. Diese Leute machen ja vor nichts halt. Wie die meinen Mann blossgestellt haben, das ist so unfair. Heute Morgen hat hinter mir eine Frau in der Migros gefunden, ich könne ihr wenigstens meine Cumuluspunkte geben, wenn wir schon so viel verdienen und keine Miete zahlen.» Sie schüttelte betrübt den Kopf.

«Ich hoffe, wenigstens ein paar Dinge richtigstellen zu können. Morgen Nachmittag kommt Claudia bei mir vorbei. Sie will mir eine Chance geben, die Dinge aus unserer Warte darzustellen.»

«Ich weiss ehrlich gesagt nicht, auf welcher Seite sie steht. Ihre journalistische Neutralität scheint mir ziemlich fadenscheinig», wandte ich ein.

«Zu mir war sie bisher anständig. Du hast dich ihr gegenüber ja auch nicht gerade wie ein Gentleman benommen.»

«Da könntest du eventuell recht haben», seufzte ich.

Helen schaute auf ihre klobige Digitaluhr, die auch ihre Rennleistung aufzeichnete.

«Ich muss in die Wohnung, duschen, bevor die Kinder heimkommen.»

Etwa zwei Stunden später hörte ich, wie etwas gegen das Tor meines Magazins knallte. *Donk. Donk. Donk.* Ich öffnete die Tür und konnte gerade noch einem scharf geschossenen Fussball ausweichen, der wenige Zentimeter neben meinem Kopf ans Garagentor donnerte.

«Sorry», sagte Sina halbherzig. Sie sah wütend aus. Betrübt. Ich wusste, dass sie Fussball spielte und anscheinend nicht schlecht. Das hatte es zu meiner Zeit noch nicht gegeben, dass Mädchen Fussball spielten. Nicht dass ich etwas dagegen gehabt hätte. Von mir aus konnte Fussball spielen, wer wollte. Solange ich nicht mitmachen oder zuschauen musste.

«Sina», sagte ich. «Du weisst, dass du das nicht tun sollst.»

«Schon gut», fauchte sie.

«Ist etwas?», fragte ich. Sie starrte mich verächtlich an.

«Machen sie dich fertig, wegen deines Vaters?»

«Es ist so gemein.» Ihre harte Fassade brach ein.

«Was war denn?», fragte ich. «Willst du eine Dose Cola?»

«Hast du Cola Light?»

«Nur Cola Zero.»

Sie verdrehte die Augen. «Okay, von mir aus.»

Ich fischte zwei Dosen aus dem Kühlschrank, und wir setzten uns an einen der beiden offiziellen Picknicktische.

«Ist denn die Schule schon aus?»

«Ich bin früher gegangen. Hab gesagt, mir sei schlecht. Mir ist auch schlecht. Alle zünden mich an. Weil mein Vater angeblich so viel Geld verdient. Weil er ein deutscher Akademiker ist, der den Schweizern alles wegnimmt. Und mich nennen sie nur noch ‹die Deutsche›. Ich bin aber Schweizerin. Bis gestern zumindest. Ich bin hier aufgewachsen, zuerst in der Stadt, aber wir wohnen doch schon seit sieben Jahren hier. Nie hatte ich Probleme. Ich hasse sie alle.»

Sie nahm einen Schluck Cola Zero.

«Morgen kommt die Journalistin zu deiner Mutter, vielleicht kann die ja die Dinge wieder ins rechte Licht rücken.»

Sina hätte beinahe ihre Cola ausgespuckt. «Die? Das ist eine Dreckschlampe.»

Ich erschrak. «Red nicht so ordinär», sagte ich.

«Wieso, weil ich ein deutsches Akademikerkind bin? Fängst du jetzt auch noch an? Es ist aber so. Ich hab dem Mami gesagt, sie soll der nicht so viel erzählen. Der hab ich von Anfang an nicht über den Weg getraut. Die ist doch an allem schuld.»

«Wie meinst du das?»

«Mit ihrem Artikel hat sie doch die ganze Sache ins Rollen gebracht. Das sagt mein Vater auch.»

Nachdenklich nahm ich selber einen Schluck. Mir kam plötzlich eine Idee. Ich verwarf sie wieder. Erwog sie wieder. Nahm wieder einen Schluck.

«Was überlegst du?», fragte Sina und schaute mich misstrauisch an.

«Vielleicht», sagte ich, «vielleicht gibt es eine Möglichkeit, ihr einen Streich zu spielen.»

Ihre Miene hellte sich auf. «Echt? Wie denn?»

«Ich müsste ihr Handy in die Finger bekommen. Nur für kurze Zeit. Sie bekommt von irgendwem vertrauliche Informationen. Wahrscheinlich per Telefon, Mails sind ja nicht sicher, hab ich gelesen. Vielleicht könnte man herausfinden, mit wem sie telefoniert.»

«Natürlich kann man das. Sie hat ein iPhone», sagte Sina.

«Schon möglich.»

«Nein, nicht möglich, sie hat eins. Nicht das Neue, das 4S. Hab ich genau gesehen. Sie hantiert ständig damit herum.»

«Kannst du es ihr aus der Tasche fischen, wenn sie bei euch ist?»

«Nein, wenn Mami mit ihr redet, darf ich nie dabei sein. Keine Chance. Sie hocken dann immer zusammen in der Küche, und wir müssen auf unsere Zimmer. »

«Man müsste es ihr in dem Fall vorher abnehmen.»

«Vor allem musst du es in die Finger bekommen, bevor der Passwortschutz wieder an ist. Die meisten haben ihn auf fünf Minuten eingestellt. Das heisst, während fünf Minuten, nachdem sie es das letzte Mal benutzt hat, kann man es ohne Passwort benutzen. Wenn du Pech hast, hat sie es aber auf eine Minute eingestellt.»

«Verdammt, du kennst dich ja aus.»

«Na logisch, ich hab selber so eins.»

«Mit elf?»

Sie verdrehte die Augen. «Ja gut, mein Vater ist kein Strassenwischer. Erschiess mich doch dafür.»

«So hab ich das nicht gemeint.»

«Ich kann dir die Nummer rausfinden. Mama hat sie bei sich gespeichert. Das weiss ich.»

«Das wär natürlich spitzenmässig. Ich überlege mir unterdessen, wie wir an das Ding rankommen.»

Sina grinste. Immerhin war sie jetzt von ihrem Kummer abgelenkt. «Du glaubst wirklich, dass du ihr das iPhone klauen kannst? Das wär ja mega.»

«Nicht klauen, nur ausleihen.»

«Ich mache mit, ich schick dir die Nummer. Mama hat ja auch deine Nummer.»

«Ja, die hat sie.» Ich zog mein altes Nokia hervor.

«Was ist denn das für ein Teil?», fragte Sina entsetzt.

«Mein Natel. Es funktioniert noch tipptopp.» Ich hielt nicht viel davon, ständig neue Geräte zu kaufen. Ausserdem reichte es völlig für mich.

«Aber SMS empfangen kannst du?»

«Gewiss. Und sogar Fotos machen. Was soll ein Natel denn sonst noch können?»

Sie rollte wieder die Augen.

«Du solltest dir ein Schlaufon kaufen. Das ist ja Steinzeit.»

«Ach was.»

Eine Stunde später kam zuerst eine Nummer. Dann die Nachricht: *Sie haben um drei Uhr abgemacht.*

## *11. Kapitel*

Bis zum nächsten Mittag hatte ich mir einen Plan zurechtgelegt. Als die Kinder von der Schule kamen, winkte ich Sina, Toni und Noah zu mir und fragte sie, ob sie mir bei der Umsetzung helfen würden. Es war ziemlich mies von mir, unschuldige Kinder für meine Zwecke zu missbrauchen. Aber ich musste die Siedlung retten, da half alles nichts. Ob mir die Information über Claudias Quelle dabei helfen konnte, war eine ganz andere Frage. Doch irgendwo musste ich ja beginnen. Die Kinder waren mit Begeisterung dabei.

Um Viertel vor drei Uhr waren alle auf ihrem Posten. Claudia kam natürlich zu spät. Als ihr Mini auf den Besucherparkplatz fuhr, war es schon zehn nach. Toni pfiff. Ich wartete, bis sie auf den Hof kam. Dann drückte ich die Taste, unter der ich ihre Nummer gespeichert hatte. Sie wühlte in ihrer grossen schicken Lederhandtasche, zog das iPhone heraus, schaute aufs Display, zögerte, blieb stehen, nahm ab. Ich blieb stumm. Sie hängte auf. Sie schaute einen Moment verärgert auf das Display, schüttelte den Kopf und steckte das iPhone, bereits wieder im Gehen, zurück in ihre Handtasche. Als sie auf der Höhe der Picknicktische angekommen war, kam von rechts Noah auf einem Mikrotrottinett angefräst, fuhr mit beachtlichem Tempo direkt auf sie zu, bremste im letzten Moment so heftig, dass das Trottinett wegrutschte und er ihr mehr oder weniger vor die Füsse stürzte. Er begann laut zu schreien. Er war gut. Ein echter Stuntman und Schauspieler. Denn wenn die Szene nicht inszeniert gewesen wäre, hätte er keinen Mucks gemacht. Ich hatte ihm das extra einschärfen müssen. «Noah, wenn du hinfällst, musst du schreien wie am Spiess.»

«Warum?», hatte er gefragt.

«Weil es weh tut, wenn man auf die gestampfte Erde knallt.»

«Das ist doch kein Grund zum Schreien», hatte Noah protestiert.

«Diesmal schon, zur Ablenkung weisst du.»

Das reichte ihm als Grund, und es funktionierte. Sie stellte ihre Tasche auf die Bank beim Picknicktisch und beugte sich zu Noah hinunter. Da kam der dicke Toni hinzu und verwirrte die Situation weiter, indem er sie beschuldigte, sie habe den Buben zu Fall gebracht. Schon näherte sich Sina von hinten, kniete sich auf die Bank, dort wo Claudia die Tasche auf den Tisch gestellt hatte. Sie schaute der am Boden Knienden über die Schulter und fragte, was passiert sei. Claudia freute sich, ein bekanntes Gesicht zu sehen. Noah begann wieder zu weinen, und Toni zeterte. Claudia, schon gründlich entnervt, versuchte, aus dem schreienden Noah herauszukriegen, wo es weh tat, und gleichzeitig Toni zu versichern, dass es nicht ihr Fehler gewesen war. Sina lehnte sich ein wenig zurück, griff blitzschnell in die Handtasche, zog das iPhone heraus und steckte es in ihr Bauchtäschchen. Sie kletterte von der Bank, trat neben Claudia und beugte sich zu Noah. «Geh nach Hause, die Mutter soll dir ein Pflaster geben. Es ist ja nichts passiert.» Sie drehte sich zu Claudia. «Er wohnt einen Stock über uns. Nimm ihn einfach mit nach oben.»

«Kannst du das nicht machen?», bat Claudia.

«Nein, ich muss in die Schule.»

«Also komm, Kleiner, komm, ich bring dich zum Mami.»

Noah schniefte gekonnt. «Ich komme mit», sagte Toni, «nicht dass Sie ihn noch die Kellertreppe runterstossen und dort verrotten lassen.» Er deutete mit Zeige- und Mittelfinger der rechten Hand auf seine Augen und dann auf Claudia. Ich hab dich im Auge! «Also gut, kommt mit», seufzte sie.

Kaum waren sie im Haus verschwunden, rannte Sina zu mir ins Magazin. Die beiden Buben würden schauen, dass der Aufstieg in den dritten Stock eine Weile dauern würde. Noah wohnte gar nicht im selben Haus wie die Keller-Kochs, aber Claudia würde froh sein, wenn Toni versprach, Noah selber oben abzuliefern, denn dann konnte sie sich bei Helen in Sicherheit bringen.

«Cool, noch nicht gesperrt», sagte Sina aufgeregt und ihre Finger tanzten über das Display. «War auf eine Minute eingestellt. Ich schalte die Sperre gerade ganz aus.» Wisch, wisch. «So, und jetzt schnell zur Anrufliste. Da. Als Erstes löschen wir deine Nummer.»

«Clever», staunte ich beeindruckt. Sie war elf. Ich war neunundvierzig. Sie konnte das. Ich nicht.

«Schau hier.» Sie hielt mir das iPhone hin. «Das ist die Liste aller Leute, mit denen sie telefoniert hat. Wenn du weiter nach unten gehen willst auf der Liste, musst du nur drüberstreichen, schau so.»

Sie gab mir das Gerät. Claudia telefonierte viel. Sehr viel. Auf der Liste waren Telefonnummern und Namen. Teils nur Vornamen, dann wieder Vor- und Nachnamen. Ich schaute sie durch, und mein Mut sank. Verdammt, was hatte ich zu finden gehofft? Sollte ich die meistgewählten Nummern abschreiben?

«Kann man die Liste, wie sagt man, exportieren?», fragte ich Sina.

Sina schüttelte verlegen den Kopf. «Ich glaube nicht. Ich weiss zumindest nicht wie.»

Ich starrte auf die Namen und Nummern. Da fiel mir einer auf, der immer wieder auftauchte. *Clark Kent.* So hiess die Person bestimmt nicht.

«Wie wähle ich diese Nummer?», fragte ich.

«Einfach den Finger draufhalten.»

Das Display veränderte sich. *Clark Kent Mobil anrufen.*

Es wählte. Ich dachte schon, es nehme niemand ab, als sich eine Stimme meldete.

«Claudia Spätzli, was ist? Vermisst du mich?» Eine tiefe Stimme, die mir bekannt vorkam. «Hallo? Hallo? Claudia? Bist du ans Handy gekommen? Telefonierst du wieder mal aus deiner Handtasche? Hallo? Hallo? Claudia? Du hast aus Versehen gewählt, du musst abhängen. Ach, Claudia. Ich häng jetzt auf.»

*Anruf beendet* stand nun auf dem Display, dann kehrte die Anzeige zur Liste zurück.

Sina sah mich erwartungsvoll an.

«Verdammt», sagte ich. «Das war Daniel Stahl, der Kriminalpolizist. Ich habe ihre Quelle entdeckt.»

«Ist das gut?»

«Es ist zumindest interessant», sagte ich. «Komm, wir gehen auf den Polizeiposten, bevor sie den Verlust bemerkt.»

«Warum auf den Polizeiposten?», fragte Sina.

«Weil man dort die Wertgegenstände hinbringt, die man gefunden hat.»

Sandra hatte Dienst, sie sass hinter dem Kontor an einem der beiden Schreibtische. Als ich hereinkam, runzelte sie die Stirn, stand auf und kam auf mich zu.

«Was willst du denn hier?», fragte sie. Sie drehte sich um und schaute, ob die Tür zu Winterhalders Büro zu war.

«Ich hab dir doch gesagt, ich melde mich», zischte sie genervt.

Erst jetzt bemerkte sie Sina, die sich hinter mir versteckt hatte. Ich schob sie sanft vor.

«Die junge Dame hat im Hof ein iPhone gefunden und es mir gebracht. Ich hab gedacht, wir bringen es zu euch.»

«Oh, das hast du aber gut gemacht», sagte Sandra etwas angestrengt freundlich zu Sina, die das iPhone auf das Kontor legte.

Ich grinste Sandra vertraulich an, schnappte das Handy und wählte Clark Kents Nummer. «Hör mal, wer da dran ist», sagte ich und drückte es ihr in die Hand. Sie zögerte. «Sag nichts. Achte nur auf die Stimme.»

Sie hielt sich das Handy vors Gesicht, aber nicht ans Ohr.

Nach dem dritten Läuten ertönte Stahls Stimme. «Claudia? Spätzli? Hast du es gemerkt? Bist du dran … Du wählst ständig …» Sandra runzelte die Stirn. Dann hielt sie es sich näher ans Ohr, aber nicht ganz.

«Hallihallo, Claudia, du telefonierst. Also ich nehme jetzt nicht mehr ab, wenn du es bist. Wir sehen uns ja heut Abend, bis dann merkst du es hoffentlich. Tschau Spatz.»

Sandra legte das iPhone auf das Kontor, als wäre es radioaktiv. Sie schaute mich mit einer Mischung aus Widerwillen und Neugier an. Sie warf noch mal einen Blick auf das Display.

«Clark Kent?», fragte sie. «Was soll das denn?»

«Wer ist Clark Kent?», fragte Sina.

«Superman», sagte Sandra mechanisch.

«Kenn ich nicht. Ist das so einer wie Spiderman oder Batman?»

«Mehr oder weniger», sagte ich und wunderte mich über diese Generation, die zwar mit Geräten umgehen konnte, die in meiner Kindheit höchstens in Comics vorgekommen waren, aber Superman nicht kannte. Wahrscheinlich, weil die letzten Superman-Filme gefloppt waren.

«Wem gehört das iPhone? Wer ist Claudia? Diese blonde Journalistentusse? Warum nennt die Stahl Superman?», fragte Sandra. Sie hielt einen Moment inne, runzelte die Stirn und grunzte dann angewidert. «O Mann, alles klar. Sie geht mit ihm ins Bett.»

Sina sah sie interessiert an.

«Das ist so», übernahm ich, bevor Sandra etwas sagte, das weder für Sinas noch für meine Ohren geeignet war. «Superman ist eine Comicfigur, eben wie Spiderman. Im Privatleben heisst er Clark Kent.»

«So wie Spiderman Peter Parker heisst.»

«Genau, und als Clark Kent ist er Journalist und der Freund von Lois Lane, und die ist auch Journalistin.»

«Aber Stahl ist doch kein Journalist», wandte Sandra ein.

«Nein. Aber Superman ist *The Man of Steel* oder in der deutschen Version: *Der Stählerne,* genau übersetzt: Der Mann aus Stahl. Daniel Stahl. Passt doch und ist sogar ziemlich clever, finde ich.»

«Das ist natürlich auch eine Erklärung», schnaubte Sandra.

In dem Moment klingelte das Telefon auf dem Posten. Sandra ging zu ihrem Tisch, fischte nach dem Hörer und nahm ab. «Gemeindepolizei, Sandra Brunner? … Was? Gestohlen?» Auf ihrem Gesicht machte sich ein Grinsen breit. Sie redete aber ganz seriös weiter, während sie uns zufeixte.

«Wie lautet die Adresse. Heuwiesenstrasse 16. Woher wissen Sie das so genau? … Jetzt gleich? … Aha … Wissen Sie, wir sind schon da … Ja, das ist unsere Adresse … Genau, die vom Polizeiposten … Ein Kind hat Ihr Handy gefunden … Es muss Ihnen aus der Tasche gefallen sein, es liegt hier vor mir … Bis gleich … Adieu, Frau Egger.»

Sie hängte auf und prustete los. «Das ist mir jetzt auch noch nie passiert.»

«Was denn?»

«Die Tusse hat offenbar gemerkt, dass ihr Handy weg ist und es dann auf ihrem Laptop geortet.»

«Wie soll das gehen?»

«Die Funktion hat doch jedes iPhone», erklärte Sina ungeduldig und rollte die Augen.

«Sie wollte, dass wir gleich mit dem Überfallkommando ausrücken und das Haus stürmen, in dem sie es geortet hat.» Sie schüttelte den Kopf. «Sie hat mir unsere Adresse genannt.»

«Ich glaube, es ist besser, wenn wir nicht hier sind, wenn sie es abholt», sagte ich. «Sag halt, ein kleiner Junge hat es gebracht.»

«Und mein Finderlohn?», fragte Sina.

Sandra lächelte. «Den gibt dir der Edi.»

«So ist es. Ich ruf dich später an.»

«Tu das.»

Wir machten, dass wir fortkamen, und ich lud Sina in die nächste Konditorei ein. «Weisst du, was ein iPhone kostet?», antwortete sie empört auf meinen Vorschlag, ihr eine Coupe zu bezahlen. «Zehn Prozent davon, das sind …»

«Hast du es denn gefunden?»

«Okay, du hast ja recht. Das war ziemlich cool, wie wir das gemacht haben.»

«Ohne dich hätte ich das nie geschafft.»

«Und was passiert jetzt?», fragte sie.

«Ich weiss es ehrlich gesagt nicht.»

«Wird dir die Polizistin jetzt helfen herauszufinden, was wirklich passiert ist.»

«Ich hoffe es», sagte ich. «Ich hoffe es wirklich.»

Ich rief Sandra zwei Stunden später an.

«Komm gegen acht zu mir, wir müssen reden, und ich will nicht, dass irgendjemand zuhört.»

Ich war pünktlich und hatte im grossen Coop Corona und Budweiser gekauft. Sie küsste mich zur Begrüssung. Nicht innig, aber auf den Mund. Wir setzten uns auf ihr Ikea-Sofa.

Wir stiessen mit kühlem Bier aus ihrem Kühlschrank an.

«Was willst du?», fragte sie.

«Ich will beweisen, dass Georg Wirz Rolf Holliger nicht umgebracht hat. Stahl hat sich doch den einfachsten Verdächtigen gesucht, und den lässt er via Presse vorverurteilen. Ausserdem hat er mich reingelegt. Meinetwegen wurde Wirz von der Klinik zurück ins Gefängnis verlegt.»

«Es sieht schlecht für ihn aus», sagte Sandra. «Wie gesagt, Stahl ist extrem erfolgreich. Was ist die sicherste Methode, einen Fall zu lösen, damit es zu einer Verurteilung kommt?»

«Ein Geständnis?»

«Genau. Weisst du, im Fernsehen werden die Täter immer wegen Mikrospuren, DNA und solchem Zeug überführt. Im richtigen Leben braucht es ein Geständnis. Neunzig Prozent der gelösten Fälle werden aufgrund von Geständnissen gelöst. Gut, je erdrückender die Beweise, desto eher ein Geständnis. Der Stahl aber, der hat das Herauskitzeln von Geständnissen zu einer wahren Kunstform entwickelt. In dem ist er wirklich Superman.»

«Aber wie kann Georg gestehen, wenn er sich nicht erinnert?»

«Stahl hilft seiner Erinnerung auf die Sprünge. Wirz ist nicht mehr der Jüngste. Er ist in einer Stresssituation. Es war für ihn eine grosse Erleichterung, als Stahl ihn in den Entzug gehen liess. Das war eine vertraute Umgebung. Wegen deinem Besuch hat ihn Stahl dort rausgerissen, jetzt hockt er ohne Therapie alleine in einer Zelle im Bezirksgefängnis. Wenn Stahl nun kommt und ihm sagt, hören Sie zu: Wenn Sie gestehen, geht's zurück in die Klinik. Sie waren nicht zurechnungsfähig und haben kooperiert. Sie bekommen höchstens ein paar Jahre, die Sie in der Psychiatrie verbringen können. Oder aber Sie schweigen und werden von mir überführt. Glauben Sie mir, die Indizien reichen mindestens für eine Verurteilung wegen Totschlags, ja sogar Mord liegt drin … Und dann kann Ihnen niemand mehr helfen. Sie gehen für viele Jahre in den Knast. Wahrscheinlich werden Sie dort sterben. Sie haben die Wahl.»

«Verdammt», sagte ich. «Woher weisst du das so genau?»

Sie seufzte. «Ja, meinst du, ich sei Polizistin geworden, um auf einem Posten in der Agglo zu versauern? Nichts gegen den Job, aber ich wollte auch mal zur Kripo. Im Frühling vor einem Jahr hab ich die Eignungsprüfung bestanden und mit der Weiterbildung begonnen. Stahl leitete einen Teil der Ausbildung. Wir …» Sie hielt inne. «Auf alle Fälle habe ich die Prüfung nicht bestanden. Um einen Punkt. Das einzige Fach, in dem ich ungenügend war, war das, in dem Stahl Experte war.»

«Hat er dich durchrasseln lassen, weil ihr eine Affäre hattet?», fragte ich.

«Woher weisst du das?» Sandra zuckte hoch wie eine Kobra.

«Ich wollte auch mal zur Kripo.» Ich lächelte.

Sandra trank einen Schluck Bier. Sie lächelte nicht.

«Ich war nur eine von vielen. Hab ich natürlich nicht gecheckt am Anfang. Dummerweise hab ich mich verliebt und darum gab es Stress. Er wollte mich wohl nicht in seiner Abteilung.» Sie wischte den Gedanken weg. «Trotzdem, wir wissen jetzt, dass Stahl die blonde Tusse mit Informationen versorgt und mit ihr ins Bett geht.»

Sie hatte wir gesagt. Das machte mir Mut.

«Damit können wir Druck aufsetzen. Stahl hat unethisch gehandelt. Er ist voreingenommen. Wir sollten verlangen, dass jemand anderer den Fall übernimmt und noch einmal seriös in alle Richtungen ermittelt, es muss doch noch andere Verdächtige geben.»

«Halt», sagte Sandra. «Wir können gar nichts machen. Wie willst du erklären, dass du von seinem Kontakt zu der Tusse weisst? Ausserdem ist das nichts Ungewöhnliches. Polizei und Presse haben ein ganz spezielles Verhältnis zueinander. Eine Hassliebe. Man braucht sich gegenseitig. Manchmal ist man darauf angewiesen, dass jemand etwas veröffentlicht, das einen Täter nervös machen kann. Dann wieder muss man verhindern, dass etwas an die Öffentlichkeit dringt. Das ist ein Geben und Nehmen. Enge Kontakte sind da eine Notwendigkeit.»

«Grad ins Bett müssen sie aber auch nicht miteinander, das geht doch zu weit.»

«Sie würden es abstreiten, aber das ist nicht der Punkt. Hör zu, Edi, mir gefallen die Methoden von Stahl nicht unbedingt. Wenn er einen findet, den er dazu bringen kann zu gestehen, dann macht er das. Dann interessiert es ihn nicht unbedingt, ob es noch andere mögliche Täter gibt. Ich bin nicht Polizistin geworden, weil mir nichts Besseres einfiel oder weil ich auf eine Pension spekuliere. Ich will Gerechtigkeit, keine gute Statistik. Aber ehrlich gesagt, gibt es doch keinerlei Hinweise, dass jemand anders als Wirz Holliger erschlagen haben könnte.»

«Ein Nachbar hat etwas gehört, aber er redet nicht mit der Polizei.»

Sie lächelte mich nachsichtig an. «Das nützt nichts.»

«Ich weiss. Aber verdammt. Georg tut so etwas nicht.»

Sie schüttelte den Kopf.

«Das reicht vorne und hinten nicht. Edi, wenn ich mich einmische, wenn ich meine Karriere riskiere, die zugegebenermassen nicht an dem Punkt ist, an dem ich sie gern hätte, dann nur, wenn du mir einen handfesten Beweis lieferst, dass Stahl bei seinen Ermittlungen wichtige Spuren oder Hinweise ignoriert hat, die auf einen anderen Täter hindeuten.»

Ich seufzte und schüttelte den Kopf.

«Die habe ich nicht.»

«Siehst du, das hab ich mir gedacht», sie rückte näher. «Es tut mir leid, vielleicht musst du dich an den Gedanken gewöhnen, dass Wirz es war.»

Ich nahm einen Schluck Bier.

«Komm», sagte sie und stand auf. «Wir müssen ja nicht den ganzen Abend vergeuden.» Damit zog sie mich ins Schlafzimmer.

Knapp vor Mitternacht war ich auf dem Heimweg. Wir hatten noch Tiefkühlpizzas gegessen, ehe sie mich rausschmiss.

Morgens um zwei wachte ich schon wieder auf. Ich rief sie an.

«Was ist?», fragte sie.

«Die Weinflasche», sagte ich.

Sie hängte auf.

Am nächsten Morgen setzte ich mich mit meinem Kaffee an den Picknicktisch. Die Kinder kamen heraus, einige grüssten mich, andere blieben kurz stehen. Noah und Toni blieben auf einen kurzen Schwatz, bis Noah plötzlich «Oh-oh» sagte und Toni anstiess. Die beiden schauten nach rechts und rannten davon. Der Streifenwagen hatte vor der Kippsäule gehalten. Sandra stieg aus und kam zu mir herüber. Sie stellte sich vor mir auf. Ich sah auf ihre Uniform, blickte auf die Waffe an ihrem Gürtel und kam mir vor wie der Farmerjunge, der auf den bösen Sheriff trifft.

«Was fällt dir ein, mich morgens um drei zu wecken?»

«Es war zwei! Willst du einen Kaffee?»

«Etwa einen Koffeinfreien?», höhnte sie.

«Ich würde es nicht wagen. Komm mit.»

Ich stand auf, ich hätte sie gern geküsst, fürchtete aber, dass sie mich dann erschossen oder zumindest mit dem Reizgasspray, der ebenfalls an ihrem Gürtel hing, eingenebelt hätte. Auf dem Weg zum Magazin blieb ich stehen und zeigte auf den Boden.

«Hier lag die Rotweinflasche, mit der Holliger erschlagen wurde, wenn du genau hinschaust, kannst du den Fleck immer noch ganz schwach erkennen.» Tatsächlich hatte es seit der Tat nur einmal ganz kurz geregnet.

«Ja und?»

«Die Flasche passt überhaupt nicht.»

Wir betraten das Magazin, und ich machte ihr einen Ristretto. Kaffee mahlen, Kolben stopfen, gefühlvoll den Hebel herunterpressen. Diesmal besonders gefühlvoll.

«Fein», sagte sie, nachdem sie ihn in einem Zug gekippt hatte.

«Es ist mir gestern mitten in der Nacht eingefallen», sagte ich, während ich meinen zweiten Espresso zubereitete. «Ich hatte Angst, dass ich es wieder vergessen würde, darum habe ich dich angerufen. Tut mir leid, ich hoffe, du konntest wieder einschlafen.»

Sie lächelte. Immerhin. «Schon mal was von Papier und Bleistift gehört?»

«Das Handy lag neben dem Bett. Einen Schreiber hätte ich suchen müssen. Egal. Tatsache ist, dass die Weinflasche nicht passt.»

«Warum nicht?»

«Weil Georg nur Appenzeller trinkt. Holliger trank Bier und Schnaps. Wein hab ich ihn nie trinken sehen. Unter dem Tisch lag neben einer leeren noch eine volle Dose, die hat er wohl dort gebunkert, er hatte also noch Vorrat.»

«Diese Säufer trinken doch, was ihnen in die Finger kommt.»

«Nein, das stimmt nicht. Die meisten sind total auf ihr Getränk fixiert. Was anderes trinken sie nur im Notfall, wenn wirklich nichts mehr da ist. Wirz hatte in der Wohnung noch zwei ganze Flaschen Appenzeller. Ich hab sie gesehen. Keiner von denen hat eine Flasche

Rotwein dabeigehabt. Ausserdem war sie noch verschlossen.» Ich überlegte. «Wurden eigentlich keine Fingerabdrücke darauf festgestellt?»

Sandra schüttelte den Kopf. «Nein, keine verwertbaren.»

«Heisst das, der Täter hat Handschuhe getragen?»

Sie lachte. «Kann ich noch einen Ristretto haben?» Ich stand auf und machte mich an die Arbeit.

«Nein, das gibt es öfters, als du denkst», fuhr sie fort. «Nur im Krimi gibt es so schöne Spuren. Die Flasche ist dem Täter aus der Hand gerutscht, als er sie dem Holliger über den Kopf geschlagen hat. Dabei verwischten sich die Abdrücke. Sie ist nicht auf seinem Kopf zersplittert, sondern erst, als sie auf dem Boden aufschlug. Die Scherben haben ausserdem in der Weinlache gelegen. Ich hab den Bericht noch einmal genau studiert.»

«Egal, jemand anders als Holliger und Wirz hat die Flasche dabeigehabt, und dieser jemand hat Holliger erschlagen. Das war die Stimme, die der Nachbar gehört hat.» Ich stellte ihr den Kaffee hin.

«Weisst du, Edi, wie unzuverlässig Augenzeugen sind? Von Ohrenzeugen ganz zu schweigen. Das nützt dir gar nichts, selbst wenn er eine Aussage macht. Die anderen haben nur zwei Stimmen gehört. Täuscht er sich halt. Doch das grösste Problem, das du zurzeit hast, ist Wirz. Wenn der gesteht, nützen all deine Theorien nichts.»

«Lass den mal meine Sorge sein, bitte, hilf mir, Sandra. Diese Weinflasche ist doch eine Spur, die sich zu verfolgen lohnt.»

Sie blies in den Ristretto und kippte ihn. «Wer weiss. Vielleicht hat der Holliger sie irgendwo geklaut. Den haben wir oft beim Ladendiebstahl erwischt. Wenn ich mich mit Stahl anlegen soll, brauche ich etwas Handfestes.»

Ich seufzte. «Ich schaue, was ich machen kann.»

Sie stand auf. «Tu das.»

Sie schaute auf den Hof. Es war niemand draussen. Sie küsste mich. Kurz. Fest. Und ging.

Noch einmal schaute ich mir die Stelle an, wo die Flasche gelegen hatte, und erinnerte mich daran, wie Holliger da gelegen hatte. Was Sandra gesagt hatte, war plausibel. Wer immer Holliger erschlagen hatte,

hatte mit der Flasche voll durchgezogen, dann entglitt sie ihm und zerschellte auf dem Boden. Ich räumte die Tischgarnitur ab und versorgte sie in meinem Magazin. Das hätte ich schon längst tun sollen.

Als Nächstes rief ich den Sohn von Georg Wirz an.

«Weisst du, wie es deinem Vater geht?»

«Ich weiss es nicht. Seit er in wieder im Gefängnis ist, hab ich nicht mit ihm sprechen können.»

«Hat er einen Anwalt?»

«Ja, der Kemal ist sein Anwalt?»

«Kemal? Der Kemal aus der Nummer 18?»

Thomas Wirz lachte. «Genau der, er hat nach der Lehre die Matur nachgeholt und Jus studiert. Wir sind Freunde geblieben seit damals. Zum Glück hat der Vater ihm mal eine Vollmacht gegeben. Falls ihn die Behörden entmündigen oder in eine Anstalt bringen wollten. Ich hab ihn angerufen und informiert, als Vater verhaftet wurde. In der Klinik konnte ich mit ihm sprechen. In den letzten Tagen kam ich nicht mehr dazu, mich um ihn zu kümmern. Du kennst ihn. Er nimmt nicht gern fremde Hilfe an. Ausserdem habe ich selber drei Kinder.»

«Was? Du? Verdammt, eben warst du selber noch ein Kind. Mein Gott. Wie die Zeit vergeht. Hast du Kemals Nummer?»

Er gab sie mir, und ich rief in der Anwaltskanzlei an. Wer hätte das gedacht. Der Junge hatte mir, als ich als leicht naiver Student meinen Abwartsposten angetreten hatte, ziemlich zugesetzt. Wegen ihm hätte ich den Job beinahe geschmissen. Ich hatte damals mit seiner Aggression nicht umgehen können. Er schien mir so destruktiv und hinterhältig zu sein, dass es mir manchmal den Schlaf raubte. Erst als ich ihn einmal in meinem Magazin versteckte, als fünf grössere Buben ihn suchten und ich sie vom Hof jagte, änderte sich unser Verhältnis. Von da an waren wir auf der gleichen Seite. Ich erkannte, dass er intelligent und witzig, aber ziemlich unterfordert war. Zu viel Energie. Heute würde man dem wohl ADS oder so etwas sagen. Nach der Lehre war er bald ausgezogen, und ich hatte ihn aus den Augen verloren. Seine Eltern gingen zurück in die Türkei, als alle Kinder aus dem Haus waren.

Es war nicht ganz einfach, ihn zu erreichen, er schien ein vielbeschäftigter Mann zu sein. Ich musste insistieren.

«Edi Zingg vom Moorgarten. Er weiss schon wer», endlich wurde ich durchgestellt.

«Edi, bist du immer noch Abwart?»

«Ja, stell dir vor.»

«Dann rufst du bestimmt wegen Georg an.»

«Du hast es erraten. Wie geht es ihm?»

«Ich weiss es nicht. Natürlich habe ich mich gleich gemeldet, als er verhaftet wurde. Aber er will mich nicht sehen. Er sagt, er erinnert sich nicht. Wenn er angeklagt wird, werde ich mich natürlich um ihn kümmern.»

«Du musst ihn kontaktieren und ihm sagen, was immer auch geschehe, er dürfe in den nächsten zehn Tagen kein Geständnis ablegen. Um keinen Preis.»

«Warum das denn?»

«In zehn Tagen findet die Abstimmung über die Überbauung auf dem Mattenhof statt. Wenn die Genossenschaft die verliert, ist alles dahin. Dann kommt es nicht mehr drauf an. Sag ihm, dass ich ihn darum bitte. Es geht um die Siedlung.»

Kemal lachte. «Du bist in dem Fall immer noch der gute Geist vom Moorgarten.»

«Wahrscheinlich bin ich das.»

«Ich schau, dass ich ihn besuchen kann, und richte es ihm aus. Hey, die Siedlung ist auch meine Heimat. *Moorgarten forever,* was?»

Wir vereinbarten, uns bald zu treffen, und hängten auf.

Ich schloss mein Nokia an meinen Computer an, der ungefähr denselben Jahrgang hatte und mit Windows XP lief. Ich importierte das Bild, das ich von der zerbrochenen Flasche gemacht hatte. Auf meinem Display war nicht gerade viel zu erkennen. 1,3 Megapixel, das hatte mich beeindruckt, als ich das Natel gekauft hatte. War das schon wieder so lange her? Egal. Das Foto war auf dem Computermonitor auch nur etwa postkartengross. Ich hatte die Etikette nicht allzu gut erwischt. Sie war hellblau, und ich konnte die Worte *Fläscher* und die

Jahreszahl *2011* erkennen. Sonst nichts. Na ja, dachte ich, so schwierig wird es nicht sein, einen Wein ausfindig zu machen. Wie man sich täuschen kann.

Nachdem ich im Internet nichts gefunden hatte, das mir weiterhalf, klapperte ich alle Läden in unserer Gemeinde ab. In den Grossverteilern und Discountern gab es diesen Wein nicht, auch nicht in der Weinhandlung im Einkaufszentrum. Der Chef sei leider nicht da, vertröstete mich die sehr nette Verkäuferin, vielleicht hätte der Rat gewusst.

Am nächsten Tag war Samstag, und ich fuhr eigens in die Stadt, um ein paar Weinhandlungen abzuklappern. Das Bild hatte ich ausgedruckt.

In der ersten Weinhandlung hatten sie nur spanische und italienische Weine. In der zweiten waren es eher Bordeaux und Burgunder.

Endlich fand ich eine, die auch Fläscher hatte. Aber nicht diesen.

Der Verkäufer, ein Mann von etwa fünfzig Jahren, schaute sich das Bild an und runzelte die Stirn. «Ah ein Fläscher 2011», sagte er und holte eine Flasche aus dem Gestell. Sie hatte ein anderes Etikett.

«Das ist auch ein exzellenter Blauburgunder. Genau derselbe Wein.»

«Ich will aber nicht denselben, sondern den gleichen.»

«Warum, was ist an dem so besonders?»

«Ich weiss es nicht, ich habe ihn noch nie getrunken.»

«Sie wollen einen Wein, den Sie noch nie getrunken haben, glauben mir aber nicht, dass dieser hier genau derselbe ist? Wissen Sie was? Das ist hier ein Laden, wir verkaufen Weine. Wenn Sie keinen Wein kaufen wollen, kann ich Ihnen auch nicht helfen.»

Niedergeschlagen trat ich auf die Strasse. Es war schon bald vier Uhr und die Fachgeschäfte würden sowieso bald schliessen. Ich versuchte es noch in zwei Kaufhäusern, auch dort ohne Erfolg.

Ich kehrte gegen sechs Uhr in die Siedlung zurück. Am Picknicktisch sassen die Keller-Kochs und die Schaufelbergers, Chantals Eltern. Die beiden Mädchen sassen etwas abseits und hantierten an ihren Handys herum. Helen rief mich. Eigentlich hatte ich keine Lust zum Plaudern, aber was blieb mir anderes übrig. Ich war der gute Geist. Gute Geister sind gesellig.

«Edi», sagte sie. «Wir haben gerade darüber gesprochen, dass es super ist, dass du den Festtisch weggeräumt hast. Er hat uns alle immer an diese schreckliche Geschichte erinnert.»

«Sitz ab, trink ein Glas mit uns», lud mich Ernst Schaufelberger ein. Er stand am Grill, sekundiert von seinen beiden Söhnen. Am Grill standen immer nur die Männer, teils stundenlang. Sie standen da, grillten und redeten übers Grillen. Nein, sie redeten nicht, sie fachsimpelten.

Bevor ich ablehnen konnte, war Dieter Keller-Koch aufgestanden und legte mir die Hand auf die Schulter. «Jetzt setz dich doch. Helen, gib ihm ein Glas.»

Helen rückte ein kleines Glas zu mir herüber. Die beiden Familien hatten vor, stilvoll zu grillieren. Keine Plastikbecher und Pappteller, sie hatten richtiges Geschirr mitgebracht. Auf dem Tisch standen Snacks.

«Nein, warte, ich hol mir ein Bier.» Dabei hätte ich ja die Chance, einen wichtigen Anruf zu erhalten und nicht zurückzukehren.

«Nichts da», insistierte Dieter, und ich setzte mich auf die Bank.

«Also gut. Ein Glas.» Berühmte letzte Worte.

«Du würdest echt was verpassen, das ist ein sehr guter Tropfen. Ein Kerner, eine alte Rebsorte. Weisst du, wo der Wein herkommt? Na, keine zwei Kilometer von hier entfernt.» Ich dachte daran, dass ich darum wahrscheinlich nicht oft Wein trank. Weil die Weintrinker so viel über ihr Getränk redeten, das war eine richtige Wissenschaft, schlimmer noch als das Grillen. Man konnte während ihrer Ausführungen glatt verdursten. Was die nicht alles wussten … *wussten?* Ich rief plötzlich «Stopp», und Dieter sah mich verwundert an.

«Aber ich hab doch noch gar nicht eingeschenkt.»

«Dieter», sagte ich. «Du kennst dich doch aus mit Wein?»

«Na ja», sagte er bescheiden.

«Komm jetzt, Dieter, du bist der Vollexperte», rief Schaufelberger herüber.

«Wie sieht es mit Schweizer Weinen aus?»

«Das ist sein Spezialgebiet», rief Schaufelberger.

«Nun, ein bisschen. Ich will mich ja integrieren», Dieter lächelte angestrengt.

Ich zog das Foto hervor. «Kennst du diesen Wein? Kannst du mir etwas dazu sagen?»

«Die Flasche ist ja zerbrochen. Ist das die, mit der ...»

Er warf einen raschen Blick auf die Kinder. Ich nickte.

Er betrachtete das Bild einen Moment, dann gab er es mir zurück.

«Das ist ein Fläscher von Andrin.»

«Bist du sicher.»

«Ganz sicher.»

«Wo kann man den kaufen?»

«Den kann man gar nicht kaufen. Den kriegst du nur per Subskription.»

«Sprich deutsch, Dieter», sagte ich ungeduldig. «Was heisst das?»

«Dass von dem Wein nur ganz kleine Mengen produziert werden, die direkt an die Kunden verkauft werden. Ohne Zwischenhandel. Den Wein gibt es weder im Handel noch in der Gastronomie. Nur wenn es ein besonders gutes Jahr ist oder Kunden aufhören zu trinken oder sterben, kann man ein paar Flaschen erwerben, aber auch dafür gibt es eine Warteliste.»

«Das weisst du bestimmt?»

«Ja, ich hab nur einmal eine Flasche in der Hand gehabt. Aber diese Etikette ist leicht zu erkennen. Die ist immer gleich. Nur die Jahreszahl ändert. Die brauchen ja niemanden zu beeindrucken. Es ist einer der besten Blauburgunder der Schweiz. Eine ganz besondere Lage, die seit vierzig Jahren vom selben Mann bewirtschaftet wird. Er macht alles selber, der alte Andrin.»

«Die Flasche stammt also von Andrin in Fläsch, sagst du.»

«Genau, ich bin ganz sicher. Also wenn du an so eine Flasche rankommst, kenne ich ein paar Leute, die du damit ziemlich beeindrucken kannst.»

«Danke», sagte ich. «Du hast mir sehr geholfen.»

«Gern geschehen.»

«Krieg ich jetzt einen Schluck oder was?»

Dieter lachte und schenkte mir ein.

«Weisst du, es hat mir weh getan, dass ich von diesem Schwartz als eine Art Schmarotzer dargestellt wurde. Erstens verdiene ich nicht halb so viel, wie er behauptet. Dazu fehlen mir etwa fünfzehn Dienstjahre und vier Berufungen. Zweitens habe ich mich bewusst für eine Genossenschaft entschieden. Ich will, dass meine Kinder so aufwachsen. Mit anderen Kindern aus anderen Milieus in Kontakt kommen. Ich will nicht, dass sie im Bionade-Ghetto aufwachsen. Ich glaube, dass Wohnraum nicht einfach an den Meistbietenden verschachert werden sollte. Ich bin wirklich nicht einfach ein Deutscher, der aufs Geld schaut.»

«Das weiss ich doch», ich nahm einen Schluck von dem Weisswein. Er schmeckte wirklich gut, sehr fruchtig.

«Hab ich zu viel versprochen?», fragte Dieter.

«Nein, der ist wirklich gut», sagte ich und nahm noch einen Schluck. «Aber ich hab noch zu tun.»

«Willst du nicht mit uns essen?»

«Leider keine Zeit. Ich wünsche einen schönen Abend. Geniesst es.»

Ich trank mein Glas aus. Sina schaute kurz von ihrem Display auf und lächelte mir wissend zu.

Ich eilte in die Wohnung hinauf und rief Sandra an.

«Sag mal, hast du deinen Töff noch?», fragte ich.

«Ja sicher.»

«Wie wär`s mit einem Ausflug morgen? In die Bündner Herrschaft.»

«Was hast du vor?»

«Erklär ich dir morgen. Halb neun bei dir?»

«Warum nicht. Das Wetter soll gut werden.»

Ich holte meine alte Lederjacke vom Estrich, dann setzte ich mich an den Computer und suchte nach der Adresse von Andrin Weinbau in Fläsch und druckte auf Google Maps eine Wegbeschreibung aus.

## *12. Kapitel*

Pünktlich um halb neun schellte ich bei Sandra. Sie bat mich hoch, denn sie war noch nicht startklar. Wir tranken einen Kaffee und studierten die Karte.

«Wir fahren einen anderen Weg», sagte sie. «Mit dem Töff geh ich doch nicht auf die Autobahn, das ist viel zu langweilig.»

«Solange wir nicht erst abends ankommen, von mir aus.»

«Was genau wollen wir eigentlich dort oben?»

«Herausfinden, wer die Weinflasche gekauft hat, mit der Holliger erschlagen wurde.»

«So etwas habe ich mir gedacht», sie schüttelte den Kopf. «Immer wenn du etwas mit mir unternehmen willst, geht es um diesen Fall.»

«Würdest du denn sonst etwas mit mir unternehmen?»

Sie sah mich an und lächelte. «Warum versuchst du es nicht mal, dann findest du es heraus.»

«Sobald der Fall abgeschlossen ist. Ich glaube, wir sind ganz nah dran. Danach können wir von mir aus jeden Tag zusammen etwas unternehmen.»

«Übertreiben müssen wir ja auch nicht gleich.»

Sie ging in ihr Schlafzimmer und kam in einem Lederkombi zurück. Der Töff stand in der Tiefgarage. Es war eine 500er Kawasaki, nicht so eine verschalte Rennmaschine, sondern eine, auf der man einigermassen bequem sass und auch als Beifahrer mehr sah als nur den Asphalt unter sich.

Wir nahmen wie angedroht die Landstrasse, fuhren über kleine, kurvige Pässe. Ich hielt mich gut an ihr fest. Tausende Töfffahrer waren unterwegs. Es war Sonntag und Ausflugswetter. Schliesslich erreichten wir Jenins, es war schon Mittag, also assen wir etwas in einem sehr vollen, aber hübschen Restaurant.

«Wenn wir diesen Fall lösen, dann melde ich mich noch einmal für den Kripokurs an», sagte sie. «Ich werde einen anderen Instruktor verlangen. Wenn es sein muss, erzähle ich sogar, dass ich mit Stahl etwas hatte. Bin ja bei weitem nicht die Einzige. Ich lass mir doch von dem nicht meinen Traum zerstören.»

«So gefällst du mir», sagte ich.

«Ach, und sonst nicht?», sie grinste.

«Vielleicht sollte ich ja auch zur Polizei gehen.»

Sie winkte ab. «Viel zu alt.»

«Danke.»

Wir tranken noch zwei Expressos, wie man hier sagte. Sandra hatte einen Ristretto verlangt, aber den kannten sie nicht. Als sie daraufhin zwei Espressi bestellt hatte, wurde sie von der österreichischen Bedienung angeschaut, als sei sie der letzte Snob. Doch egal wie man die Brühe nannte, sie war dünn, das Tässchen platschvoll.

Sandra studierte noch einmal die Wegbeschreibung, und wenig später fuhren wir eine steile Strasse hinauf. Ich dachte schon, wir hätten uns verirrt, als wir zu einem uralten Haus inmitten eines Rebbergs kamen.

Sandra fuhr auf den Hof. Unten war eine alte, grosse zweiflüglige Bogentür mit einem Klopfer daran. Ich betätigte ihn. Nichts. Ich betätigte ihn noch einmal. Wieder nichts. Erst nach dem dritten Mal ging im ersten Stock das Fenster auf, und ein alter Mann schaute heraus. «Was ist denn? Wenn Sie Wein wollen, verschwinden Sie. Kommen Sie in zehn Jahren wieder.»

«Herr Andrin? Mein Name ist Edi Zingg. Es geht zwar um Ihren Wein. Aber ich will keinen kaufen, ich brauche nur eine Auskunft.»

«Auskunft erteile ich schon gar keine.»

«Bitte, Herr Andrin. Es geht um einen Mordfall.»

Der alte Mann sah uns erstaunt an.

«Ich bin Polizistin», rief Sandra und hielt ihren Ausweis hoch. Natürlich konnte er den nicht wirklich sehen. Doch es wirkte.

«Moment, ich komme», rief Andrin. Das Fenster wurde geschlossen.

Ich schaute Sandra an. Sie zuckte mit den Schultern. «Ist ja nicht gelogen.»

Kurz darauf wurde die Tür aufgeschlossen. Es war ein altes, schweres Schloss, das metallene Geräusche von sich gab. Der linke Torbogen öffnete sich. Der alte Mann, der vorher aus dem Fenster geschaut hatte, stand in der Tür. Er hielt uns die Hand hin. «Fridolin Andrin, kommen Sie herein.»

Wir traten in ein dunkles, kühles Gewölbe. Es gab keine Sitzgelegenheiten, der Boden war mit Kies belegt. Allerlei Geräte standen herum, Holzkisten, leere Flaschen. Hinten gab es zwei alte niedrige Türen.

Wir gaben ihm die Hand, stellten uns noch einmal ordentlich vor, und ich erzählte ihm von dem Fall. Ich zeigte ihm das Foto, das ich gemacht hatte.

Er trat damit zur Tür, um es im Licht zu betrachten.

«Ja», sagte er. «Das sieht aus wie eine von meinen Flaschen.»

«Eben. Darum brauchen wir die Liste aller Kunden, die Wein von diesem Jahrgang bezogen haben», sagte Sandra zackig. Sie vergass wohl, dass sie nicht in Uniform war. Sie stellte, ohne es zu merken, auf ihre harte, strenge Polizistenpersönlichkeit um. Das wirkte aber, so wie sie mit ihrer Lockenmähne und ihrem geöffneten Lederoverall dastand, irgendwie deplatziert, bedrohlich und aufdringlich.

Die Miene des alten Mannes verdüsterte sich denn auch schlagartig. Sandra merkte es nicht.

«Können Sie uns einen Ausdruck machen?»

Andrin stützte die Hände in die Hüften.

«Sie meinen, Sie können hier hereinkommen, mir irgendeine Geschichte erzählen und mit meiner Kundenliste verduften?» Er lachte bitter. «Sind Sie von der Konkurrenz? Von der Presse? Oder einfach sonst nicht ganz hundert? Dort ist die Tür. Auf Wiedersehen miteinander.»

Jetzt sah sich Sandra in ihrer Autorität in Frage gestellt und baute sich vor ihm auf.

«Sie haben wohl nicht zugehört, Herr Andrin. Ich bin Polizistin, und es geht hier um Mord.»

Andrin zuckte nicht mit der Wimper. Sandra regte sich auf.

«Wir können die Sache diskret erledigen oder wir können den Dienstweg gehen, morgen mit der ganzen Mannschaft anrücken und all Ihre Computer abtransportieren.»

«Haben Sie einen Ausweis?», fragte Andrin.

«Ja, natürlich.» Sie zog ihn wieder hervor und hielt ihn ihm unter die Nase. Andrin sah ihn sich genau an. Unterdessen hatten sich unsere Augen ans Halbdunkel gewöhnt.

«Gemeindepolizei», schnaubte er. «Erst noch aus einem fremden Kanton. Junge Frau, Sie haben absolut keine Befugnis, hier irgendetwas mitzunehmen. Wenn Sie wollen, hole ich unseren Dorfpolizisten, und wir klären den Zuständigkeitsbereich, wir nehmen den Dienstweg, wie Sie sagen.»

Sandras Augen blitzten. Einen Moment sah es aus, als wolle sie ihn packen und an die Wand drücken. Ich legte ihr die Hand auf den Arm.

Der alte Andrin lachte. «Und überhaupt, hier gibt es gar keine Computer zum Abtransportieren, selbst wenn Sie mit der Antiterroreinheit anrücken. Ich mache meine Buchhaltung immer noch von Hand. So kompliziert ist die Sache nun auch wieder nicht. Ich habe hier keinen Computer, kein Internet, kein Fernseher, kein Garnichts. Ausser einem Telefon. Mehr brauche ich nicht.»

Er sah Sandra triumphierend an. Ich spürte durch das dicke Leder, wie sich ihre Muskeln spannten.

«Recht haben Sie», sagte ich zu Andrin. «Ich beneide Sie. Ich hab zwar auch keinen Fernseher, aber ohne Computer und Internet geht's bei uns nicht mehr. Sie sind ein freier Mensch. Wahrscheinlich einer der Letzten.»

Der alte Mann lächelte. «Da könnten Sie noch Recht haben.» Er wandte sich mir zu. «Sagen Sie mir noch einmal: Was genau haben Sie mit diesem Mordfall zu tun?»

«Ich bin der Abwart der Siedlung, in der es geschehen ist. Ein Mann, den ich seit 25 Jahren kenne, sitzt im Gefängnis. Ich bin überzeugt, dass er unschuldig ist. Diese Flasche von Ihrem Weingut ist die einzige Spur, die ich habe. Die Kriminalpolizei will diese Spur nicht untersuchen, weil sie fest überzeugt ist, dass mein Bekannter der Täter ist.»

«Dann ist Ihre Begleitung also tatsächlich nicht in offizieller Funktion hier?»

Ich schaute zu Sandra. «Willst du nicht draussen eine rauchen gehen?», fragte ich.

Sie funkelte mich böse an. Dann drehte sie sich langsam um und ging hinaus. Ich erwartete eigentlich, dass ich als Nächstes hören würde, wie sie die Kawasaki startete und davonbrauste. Es blieb aber still.

Andrin lächelte. «Eine rassige Frau ist das. Ihre Freundin?»

«Ja», sagte ich. «So eine Art.» Es fühlte sich gut an, das zu sagen. Auch wenn es nicht stimmte.

Seine Miene wurde wieder ernst. «Sie wollen sich also meine Kundenliste für den 2011er anschauen?» Er hielt inne und schien etwas abzuwägen. «Also gut. Anschauen. Sie dürfen sie anschauen. Aber nicht abschreiben und auch nicht fotografieren. Versprechen Sie mir das?»

«Ja», sagte ich. Anschauen war besser als gar nichts.

«Also gut, kommen Sie.»

Ich folgte ihm durch eine der beiden Türen in einen kleinen Raum, in dem ein alter Schreibtisch aus dunklem Holz stand. Er öffnete den Büroschrank, es war einer dieser alten mit Holzrollladen, und entnahm ihm ein grosses, schwarzes Buch und blätterte darin. Dann legte er es aufgeschlagen auf den Schreibtisch.

In graziler und ungemein akkurater Handschrift stand dort geschrieben:

*Ausgang 2011*

Dann folgten Datum, Name, Wohnort und die Anzahl Flaschen, in der letzten Kolonne standen die Kürzel *bez.* oder *fak.* Bezahlt oder Faktura.

Auf der Seite, die er aufgeschlagen hatte, befanden sich etwa dreissig Einträge. Ich las die Namen und Wohnorte. Ungefähr in der Mitte wurde ich fündig, ging die Liste dann aber doch noch ganz durch, ehe ich mich wieder aufrichtete.

«Haben Sie etwas gefunden?»

«Ich glaube schon», sagte ich. «Auf alle Fälle haben Sie mir sehr geholfen. Ich danke Ihnen.»

Andrin klappte das Buch zu, stellte es zurück in den Aktenschrank und verschloss ihn sorgfältig. Wir verliessen das Büro und kehrten in das düstere Gewölbe zurück.

Andrin bückte sich und griff in eine der Holzkisten, die auf dem Boden standen. Er zog eine Flasche hervor. Sie hatte dasselbe Etikett, das ich fotografiert hatte. Jetzt sah ich auch die andere Seite, die auf dem Foto verdeckt gewesen war. *Weinbau Andrin,* stand da, *Fläscher 2011.*

«Da, die ist für Sie», sagte er.

«Vielen Dank. Eigentlich bin ich ja Ihnen etwas schuldig.»

«Es ist schon recht. Ich hoffe nur, dass ich keinen Mörder als Kunden habe. Das würden Sie mir sagen, nicht wahr, Herr Zingg? Wenn es sich herausstellt, dass einer von meinen Kunden der Täter war, sagen Sie mir den Namen.»

«Versprochen. Und noch einmal vielen Dank.»

Andrin brachte mich zur Tür.

Draussen war es heiss und blendete, als ich aus dem Halbdunkel trat. Sandra hatte das ganze Oberteil ihres Lederkombis ausgezogen und sass auf einer Bank an der Sonne, die Arme auf der Lehne ausgebreitet. Es sah lustig aus, weil die Ärmel des Kombis wie zwei weitere Arme aussahen, die ihr aus der Hüfte wuchsen. Ich trat zu ihr herüber. Sie blinzelte mich an. Ich beugte mich zu ihr und küsste sie. Sie sah mich erstaunt an. Fast fürchtete ich, dass sie mir eine scheuern würde. Aber sie lächelte. Ich küsste sie noch einmal.

«Du wirkst fröhlich», sagte sie, als sie aufstand. «Hast du etwas herausgefunden?»

«Ich habe die Liste gesehen», sagte ich.

«Mach es doch nicht so spannend», drängte sie und zog mich am Jackenkragen zu sich.

«Jemanden aus unserer Gemeinde steht drauf.»

Ich beugte mich ganz nah an ihr Ohr: »Ein Franz Schwartz.»

«Der Schwartz? Unser Schwartz? Oh, verdammt. Jetzt kommt es aber ganz dick.»

Womit sie natürlich recht behalten sollte.

Wir fuhren auf ziemlich direktem Weg zurück zu ihr nach Hause. Sie bestellte den Pizzakurier, und wir tranken, während wir Kriegsrat hielten, ihre letzten Budweiser aus.

«Gegen Schwartz können wir nicht vorgehen», seufzte Sandra. «Keine Chance. Ich habe meine Kompetenzen ja so schon gewaltig überschritten heute. Das kann mich die Stelle kosten. Es wird uns nichts anderes übrigbleiben, als Stahl zu informieren. Er leitet die Ermittlungen. Nur er kann Schwartz vorladen.»

«Glaubst du denn, dass er mit uns zusammenarbeitet?»

«Mit uns?», sie lachte. «Ich glaube, es ist besser, ich versuche es allein, immerhin sind wir Kollegen. Ich sag ihm einfach, dass mir die Sache keine Ruhe gelassen hat.» Sie zuckte mit den Schultern. «Wer weiss, vielleicht erkennt er sogar, dass ich gar keine so schlechte Kriminalpolizistin geworden wäre.»

«Du wirst eine sehr gute Kriminalpolizistin. Wir lösen diesen Fall, und dann machst du deine Ausbildung.»

«Meinst du wirklich?»

«Ja, ich bin sicher.»

Sandra lachte. «Willst du hierbleiben?», fragte sie. Ich wollte. Natürlich wollte ich.

## *13. Kapitel*

Am Montagmorgen stand ich mit ihr auf. Das gemeinsame Frühstück fühlte sich schon fast vertraut an. Sandra fuhr mit ihrem Auto zur Wache, und ich mit dem Velo, das noch immer vor ihrem Haus stand, in die Siedlung. Ich schwitzte ziemlich, weil ich die Weinflasche von Andrin unter der Lederjacke eingeklemmt und deshalb den Reissverschluss bis oben geschlossen hatte. Im Magazin stellte ich sie an einen sicheren Platz.

Später, ich war gerade daran, bei den Altglascontainern Ordnung zu schaffen, klingelte mein Nokia. Sandra war dran.

«Verdammtes Arschloch», scholl es durch den Hörer.

«Wieso?», fragte ich erschrocken.

«Nicht du, der Stahl. Er hat mich mehr oder weniger ausgelacht. Dass er nicht gerade gesagt hat, ich tauge mehr fürs Bett als für die Kripo, ist ein Wunder.»

«Wo bist du?»

«Auf dem Posten.»

«Komm zu mir einen Kaffee trinken und erzähl mir alles.»

«Ich schaue, ob ich wegkomme.»

Sie kam. Der mit viel Liebe und Umsicht gebraute Ristretto verbesserte ihre Laune ein wenig.

«Stahl sagte mir, Wirz sei so kurz davor zu gestehen.» Sie hielt mir Daumen und Zeigefinger vors Gesicht, sie waren etwa einen Zentimeter voneinander entfernt. «Wenn ich neue, wichtige Erkenntnisse zu dem Fall habe, würde er diese gerne in Betracht ziehen. Dazu brauche er aber handfeste Beweise. Die Kundenliste von Andrin zum Beispiel. Die haben wir nicht, und wenn Stahl nicht mitmacht, kann ich den alten Mann auch nicht dazu bringen, sie herauszurücken. Nur Stahl könnte die Bündner Staatsanwaltschaft dazu bringen, einen Hausdurchsuchungsbefehl auszustellen. Das wird er aber nicht tun, weil es ihn nicht interessiert. Der Fall ist für ihn erledigt, und mit dem Schwartz anlegen will er sich auch nicht. Der Mann ist mächtig.»

Sie legte ihre Hand auf meine Schulter. «Willst du es nicht noch einmal bei dem alten Mann versuchen? Du scheinst ihm sympathisch gewesen zu sein. Vielleicht rückt er dir das Auftragsbuch heraus.»

Ich schüttelte den Kopf. «Er wird seine Kundenliste nicht der Polizei überlassen, nicht ohne richterlichen Befehl.»

«Dann können wir den Bettel hinschmeissen, und dein Freund kommt in den Knast.» Sie zog die Hand weg. «Ach, mir kann das eigentlich scheissegal sein.»

«Ist es aber nicht, weil du eine gute Polizistin bist», sagte ich und griff nach ihrer Hand. Sie schlug sie weg. Ziemlich heftig.

«Sorry», murmelte sie.

«Hast du nicht gesagt, Stahl sei ehrgeizig? Ein Kandidat für den Chefposten bei der Kripo?»

Sie schnaubte verächtlich.

«Ja klar. Alle lieben ihn. Die Kollegen, die Politik, die Presse.»

«Es wäre für ihn also ziemlich blöd, wenn in den Medien berichtet würde, dass er wichtige Informationen unterschlägt.»

«Wer würde so etwas bringen? Die *WoZ* vielleicht? Das interessiert doch niemanden.»

«Ich habe eher an Claudia Egger gedacht.»

«Spinnst du, die steckt doch mit ihm unter einer Decke, nicht nur sprichwörtlich.»

«Versuchen wir es doch einfach.»

Sandra schüttelte den Kopf.

«Ich muss wieder zur Arbeit. Hab Winterhalder versprochen, in einer Viertelstunde zurück zu sein. Er hatte schon keine grosse Freude, dass ich heute Morgen bei der Kripo unten war.»

Sie stand auf und verliess, ohne sich zu verabschieden, das Magazin. Wie hatte Andrin gesagt? Eine Rassige. Manchmal war sie auch eine ziemlich Launische.

Ich rief Claudia Egger an. Ihre Nummer hatte ich noch immer auf der Anrufliste. Sogar mein altes Nokia hatte so eine.

«Ja, Claudia Egger?»

«Guten Tag, Frau Egger. Hier spricht Bruce Wayne.»

«Bruce Wayne? Hahaha. Was soll das werden, wer sind Sie?»
«Es geht um Clark Kent.»
Einen Moment war es still.
«Sie wissen, wen ich meine. Dan Stahl. Ihr Liebhaber. Im Ernst, Frau Egger, hier spricht Edi Zingg, der Abwart vom Moorgarten. Ich muss dringend mit Ihnen reden. Ich habe eine exklusive Story für Sie.»
«Woher wissen Sie das? Das mit Dan Stahl und mir?»
Ich lachte. «Ich habe auch meine Quellen. Hören Sie, ich will die Sache nicht am Telefon besprechen. Wo können wir uns treffen?»
«Wollen Sie in die Redaktion kommen? Da sind wir ungestört. Ich bin um halb drei wieder dort.»

Am Mittag, als die Kinder von der Schule kamen, winkte mir Sina zu.
«Edi», rief sie. «Ich weiss jetzt, wie man die Anrufliste exportiert. Es gibt eine App dafür.»
«Danke, ich glaube, das brauch ich nicht mehr.»
«Vielleicht doch, wenn du dir endlich selber ein iPhone kaufst.»
«Noch habe ich andere Probleme», sagte ich.
«Wegen dem Mordfall? Nein, es heisst Tötungsdelikt. Der Lehrer hat gesagt, es sei nicht immer Mord, wenn jemand umgebracht wird.»
«Das stimmt sogar, und ja, es geht um den Fall. Wahrscheinlich gelingt mir dank deiner Hilfe der Durchbruch», sagte ich optimistisch.
«Und das alles für eine lausige Coupe. Das ist die reinste Ausbeutung», sagte sie halbernst.
«Du verhilfst der Gerechtigkeit zum Durchbruch. Du rettest einen Unschuldigen. Zählt das etwa nichts?»
«Na ja, ein bisschen», sagte sie.

Am Empfang des Redaktionsgebäudes trug ich mich in eine Liste ein und wartete, bis Claudia Egger mich holen kam. Es dauerte etwa zehn Minuten. Leider hatte ich den dänischen Krimi nicht eingepackt. Ich wusste nicht mal mehr, wo ich ihn hingelegt hatte.
Claudia Egger reichte mir kurz die Hand. «Gehen wir in mein Büro.»

Schweigend fuhren wir im Lift in den dritten Stock und kurvten dann durch ein Labyrinth von Gängen. Ich befürchtete schon, sie würde mit Hexengelächter hinter einer Ecke verschwinden, so dass ich alleine durch die Gänge irren und nie zurückfinden würde. Wie der Mann im Lied von Mani Matter.

Zum Glück hatte ich mich am Empfang eingetragen. Vielleicht würde man mich suchen kommen.

Endlich erreichten wir ein kleines, schmuckloses Büro mit Modulmöbeln und einem Schreibtisch mit einem Stuhl davor.

«Wollen Sie einen Kaffee?»

«Gerne einen Espresso.»

Sie verschwand und kam kurz darauf mit einem Espresso und einem Latte macchiato im Glas zurück.

«Sie wollen mich also erpressen, Herr Zingg», sagte sie, nachdem sie in ihrem Bürostuhl Platz genommen hatte.

«Nein, ich will Ihnen von der neuesten Entwicklung in dem Tötungsdelikt im Moorgarten berichten. Sie sind die Spezialistin für unseren Fall.»

«Da bin ich mal gespannt.»

Ich erzählte ihr, was ich herausgefunden hatte, zeigte ihr den Ausdruck von der Etikette, und sogar die Flasche, die mir Andrin geschenkt hatte, hatte ich mitgebracht.

«Das ist dieselbe Flasche, ohne Zweifel. Sie sind sicher, dass Schwartz Kunde bei Andrin ist, aber Sie können es nicht beweisen?»

«Genau. Es liesse sich herausfinden, wenn man Schwartz danach fragen würde. Wenn Stahl ihn danach fragen würde.»

«Ist es das, was Sie wollen?»

«Ja, ich will, dass Stahl sich um den Fall kümmert. Ich will, dass es publik wird, wenn er sich weigert, wichtigen Spuren nachzugehen. Finden Sie nicht, dass es die Aufgabe der Presse ist, solche Dinge aufzudecken? Wenn Sie die Geschichte nicht wollen, kann ich auch zur Konkurrenz gehen. Der junge Mann vom *Blick,* dem ich eins auf die Nase gegeben habe, wäre sicher nicht abgeneigt, wenn ich ihm zur Versöhnung diese Story anbieten würde.»

Claudia Egger sah mich böse an. «Hören Sie zu. Ich habe nichts Unrechtes getan. Pietro würde sich natürlich die Finger lecken, darüber zu schreiben, dass ich und Stahl ein Verhältnis haben, auch wenn wir es beide strikt dementieren würden. Doch etwas bleibt immer hängen. Geben Sie mir einen Tag Zeit. Ich rede mit ihm. Er wird Schwartz befragen. Ich werde darüber berichten und ich werde Sie auf dem Laufenden halten. Dafür halten Sie dicht. Sie sagen kein Wort, woher die Info mit der Weinflasche kommt.»

«Einverstanden», sagte ich. «Solange Stahl daran denkt, dass die Ermittlungen auf unserem Gemeindegebiet stattfinden. Sagen Sie ihm, er solle die Gemeindepolizei nicht brüskieren. Er soll sie involvieren.»

Sie sah mich stirnrunzelnd an. «Was soll jetzt das wieder heissen?»

«Er wird schon verstehen, was ich meine.»

Sie sah mich misstrauisch an. Ob sie wusste, dass Stahl und Sandra mal etwas miteinander gehabt hatten?

Am Abend versuchte ich Sandra zu erreichen, aber sie war nicht auf dem Posten. Ihr Handy nahm sie auch nicht ab. Sie hatte die Luken dichtgemacht. Ich machte mir Sorgen. Wir waren uns nähergekommen, und ich hasste den Gedanken, wieder auf Distanz gehalten zu werden.

Sie rief mich am nächsten Morgen um halb zehn Uhr an.

«Du wirst es nicht glauben, wir waren heute Morgen um sechs Uhr bei Schwartz. Stahl hat mich gestern Abend noch aufgeboten.» Ob sie darum nicht abgenommen hatte? Sie war doch nicht etwa bei ihm gewesen?

«Hör zu. Schwartz hat tatsächlich Wein von Andrin bezogen. Er hat uns seinen Weinkeller gezeigt. Vom Jahrgang 2011 waren noch 35 Flaschen da. Nur eine fehlt.»

«Hat er sie getrunken?»

«Er sagt dazu gar nichts ohne Anwalt.»

«Ich glaube, wir dürfen hoffen.»

«Kommst du heute Abend zu mir?»

«Das ist es, worauf ich gehofft habe.»

«Trottel.»

Am nächsten Morgen schnappte ich mir auf dem Weg von Sandra in die Siedlung das *20Minuten*. Der Artikel war schon auf der Front angekündigt. Region, Seite 6: *Wende im Tötungsdelikt im Moorgarten.*

Aha, kein Mord mehr und kein Mordgarten.

Claudia legte die Sache mit der seltenen Weinflasche dar. Einer der Besitzer von solchen Weinen sei ein bekannter ansässiger Immobilienunternehmer, der sich seit dem Fall sehr stark zum Thema Sicherheit engagiert habe.

Am Abend zog *Blick am Abend* nach und das Lokalfernsehen und am nächsten Tag die anderen Zeitungen. Obwohl sein Name nirgends genannt wurde, war Schwartz in den Schlagzeilen. Es war noch knapp eine Woche bis zu der Gemeindeversammlung.

Kurz vor Mittag klingelte mein Natel. Andrin war dran.

«Woher haben Sie meine Nummer?», fragte ich erstaunt.

«Sie stehen im Telefonbuch. Sie haben mir ja Ihren Namen genannt, und wo Sie wohnen, steht in der Zeitung.»

Ich hatte meinen Festanschluss aufs Natel umgeleitet. So ganz von gestern war ich ja nicht.

Andrin seufzte. «So wie es aussieht, habe ich einen Mörder beliefert. Das reut mich. Es ist schade um den Wein, den ich mit meinen eigenen Händen hege und pflege. Eine grauenhafte Vorstellung. Doch bevor jemand verurteilt oder verdächtigt wird, sollten möglichst alle Zweifel ausgeräumt sein. Hören Sie zu, da ist etwas, das ich Ihnen nicht gesagt habe.»

«Was denn?», fragte ich gespannt.

«Die Weine sind nummeriert. Auf der Innenseite der Etikette, oben rechts, mit einem kleinen Zählstempel.»

«Nummeriert? Wieso das denn? Was gibt es für einen Grund, Weine zu nummerieren?»

«Wegen der Fälschungen», antwortete Andrin.

«Ihre Weine werden gefälscht?», fragte ich ungläubig.

«Ja. Es hat mindestens einen Fall gegeben, vor drei Jahren. Auf einer Auktion sind zwölf Flaschen Wein von mir aufgetaucht, die Etiketten waren perfekt gemacht. Ich habe es nicht gern, wenn meine Kunden den Wein verkaufen. Natürlich werden mal einzelne Flaschen verschenkt oder verkauft. Zwölf sind ziemlich viel. Keiner meiner Kunden wollte es gewesen sein, das hat mich stutzig gemacht. Ich hab selber eine Flasche ersteigert. Er war nicht von uns. Ich erkenne meinen Wein. Das Auktionshaus konnte sich die Sache auch nicht erklären. Der Wein stammte aus dem Nachlass eines Bankiers. Wahrscheinlich hat er die Fälschungen irgendwo gekauft. Ich weiss nicht, wie viele davon in Umlauf waren. Seither habe ich diese Sicherung eingebaut. Wenn jemals wieder ein Wein von mir an einer Auktion auftaucht, kann festgestellt werden, ob er echt ist oder nicht. Und wenn er echt ist, woher er stammt.»

«Das heisst, wir können herausfinden, ob die Flasche, mit der Holliger erschlagen wurde, eine aus der Lieferung von Schwartz ist?»

«Wenn Sie das Etikett noch haben und der Stempel noch lesbar ist, schon. Ich gebe Ihnen die Nummern von der Lieferung von Herrn Schwartz durch: 096 bis 124.»

«Sie haben mir schon wieder geholfen.»

Ich rief Sandra an und erzählte ihr, was ich erfahren hatte.

Sie war ziemlich aufgeregt. «Wenn die Nummer auf der Etikette, die wir am Tatort gefunden haben, noch lesbar ist und passt, haben wir den Beweis, den Stahl wollte. Ich glaube fast, wir kriegen den Schwartz doch noch. Verdammt, ich ruf Stahl sofort an und melde mich dann wieder bei dir.»

Ich wartete den ganzen Abend gespannt, aber sie meldete sich nicht. Dafür konnte ich am nächsten Morgen in der Zeitung lesen, was aus meiner Information geworden war. Claudia Egger lieferte die Schlagzeile. Wer sonst.

*Immobilienkönig Schwartz in Untersuchungshaft.*

Im dazugehörigen Artikel schrieb sie, dass Schwartz eindeutig als Besitzer der Flasche, mit der das Opfer erschlagen wurde, identifiziert werden konnte.

Ich fuhr sofort auf den Posten. Ich musste Sandra sehen. Wir hatten es geschafft.

## *14. Kapitel*

Zu meinem Erstaunen hatte Sandra ziemlich schlechte Laune.

»Was ist los?», fragte ich. «Haben die Nummern etwa nicht gestimmt?»

«Doch, die Spurensicherung konnte die Nummer 98 auf dem Etikett identifizieren. Die Flasche gehörte eindeutig Schwartz.» Sie seufzte. «Ich hab grad mit Stahl telefoniert. Schwartz behauptet, die Flasche verschenkt zu haben. Er will sich aber nicht mehr erinnern, an wen.»

«Ach was, das ist doch völlig unglaubwürdig. So einen seltenen Wein verschenkt man doch nicht einfach und erinnert sich nicht daran.»

«Nein, sicher nicht. Doch er weiss natürlich genau, dass wir ihm beweisen müssen, dass er sie nicht verschenkt hat. Er hat genug Erfahrung mit dem Gesetz und den Gerichten, um das zu wissen. Er muss nicht seine Unschuld beweisen, sondern wir seine Schuld.»

«Was meint Stahl dazu? Kann er Schwartz nicht weichkochen?»

«Keine Chance. Spätestens nach 48 Stunden muss er ihn aus der U-Haft entlassen. Wahrscheinlich nervt er sich jetzt schon, dass er überstürzt gehandelt hat. Er hätte diese Aussage von Schwartz auch bekommen, wenn er ihn vorgeladen hätte. Er war sich seiner Sache zu sicher, hat gedacht, der Beweis sei stark genug.» Sie seufzte. «Wahrscheinlich wird er sich jetzt daran erinnern, wer ihm die ganze Sache eingebrockt hat.»

Tatsächlich liess man Schwartz noch am selben Tag wieder laufen. Er hielt nur Stunden später eine Pressekonferenz. Er versuchte sich reinzuwaschen, aber die Journalisten setzten ihm zu. Vor allem Claudia Egger, die von der Flaschennummer wusste. Die Artikel, die folgten, waren PR-mässig für Schwartz zwar ein Desaster, weil sich natürlich die Frage stellte, wen er deckte und aus welchem Grund. Oder ob er nicht sagen konnte, wem er die Flasche geschenkt hatte, weil er sie Holliger höchstpersönlich über den Kopf gezogen hatte. Ausserdem war klar, dass er wie kein anderer von Holligers Tod profitierte oder zumindest zu profitieren gedachte. Dann war da die ganze Sicherheitsdebatte, die er angestossen hatte. Wieso wollte einer, der dermassen für Sicherheit war, der Polizei nicht helfen, einen Mörder zu finden? Das alles liess Schwartz schlecht aussehen.

Sein Alibi, zu der Zeit, als Holliger erschlagen wurde, in einem seiner Erotikklubs gewesen zu sein, was zwei der dort arbeitenden Frauen bestätigten, steigerte sein Ansehen bei der Bevölkerung auch nicht. Bei all dem, was für ihn auf dem Spiel stand, gab es eigentlich nur eine Erklärung für sein Schweigen. Er war der Täter. Doch er würde damit durchkommen. Lieber einen Auftrag verlieren als die Freiheit. Ich hoffte inständig, dass Stahl inzwischen wenigstens von Georgs Unschuld überzeugt war. Hoffentlich versuchte er nicht doch noch, ihn zu einem Geständnis zu bewegen. In drei Tagen war die Gemeindeversammlung, und dann würde sich das Schicksal der Genossenschaft entscheiden.

Es war zum Verzweifeln. Ich wollte mich noch einmal mit Leonesi treffen. Der Schlüssel für den Fall lag bei Holliger. Vielleicht hatte Leonesi etwas übersehen, vielleicht war ihm noch etwas dazu eingefallen, woher Holligers plötzlicher Reichtum stammen könnte. Doch Leonesi reagierte nicht auf mein Klingeln. Wahrscheinlich war er einkaufen gegangen oder in seinem Schrebergarten. Ich drückte den Code, den er letztes Mal zum Öffnen eingeben hatte. 5-4-3-2. Der Summer ertönte, ich drückte die Tür auf und trat ins düstere Treppenhaus.

«Aha», sagte eine Stimme, und ich hörte Schritte. Ein Mann kam die Treppe herunter. Es war ein grosser Kerl mit tätowierten Armen. Er hatte einen herausgewachsenen Irokesenschnitt und trug eine speckige Jeansweste über einem Exploited-T-Shirt. Eine alte Punkband, die mal sehr populär gewesen war.

«Bist du der Neue?», raunzte er. «Hast du dir das Palazzo unter den Nagel gerissen?» Er stand jetzt ganz nah vor mir. «Bist du in dem Fall auch ein Rietler?»

«Ein was bitte?», fragte ich.

«Einer aus dem Gefängnis Saxerriet. Wie der Holliger und der Hugo. Das Palazzo bekommen doch nur dem Hugo seine Spezis.»

Es war nicht der Moment, mich darüber zu empören, dass er mich erstens für einen Sozialfall und zweites für einen Knastbruder hielt.

«Weisst du was, ich versteh im Moment nur Bahnhof. Wie wär's, wenn wir ein Bier zusammen trinken gehen, und du erklärst mir alles? Ich brauch erst mal einen Schluck, bevor ich zusammenhängend denken kann.»

Der grosse Mann schaute mich stirnrunzelnd an.

«Was willst du von mir?»

«Nur quatschen, komm schon.» Ich deutete auf sein T-Shirt. «*Punk's not dead*, oder inzwischen schon?» *Punk's not dead* hatte die berühmteste Platte von Exploited geheissen, und den Spruch konnte man jahrzehntelang auf Toiletten von Kneipen, Konzertlokalen oder in Unterführungen lesen. Die Filzstiftfirma Edding musste allein damit ein Vermögen verdient haben.

Der grosse Mann liess krachend seine Hand auf meine Schulter sausen. «Punk ist niemals tot. Wo ist das Bier?»

Wir gingen zum Kebabstand hinüber. Es war erst elf Uhr morgens, aber ich konnte nicht kneifen. Ich nahm uns zwei Feldschlösschen. Der Punk nickte. Wir rissen die Dosen auf und stiessen an. «Edi», sagte ich.

«Mäk», sagte er.

«Was redest du da von einem Palazzo?»

«So nennen wir im Haus dein Zimmer, weil es doch im selben Stock liegt wie die Abwartswohnung. Es ist das einzige Appartement auf der Seite des Gangs. Das heisst, dass auf dem Stock niemand sonst die Küche und das Bad benutzt», er nahm einen Schluck Bier. «Aber warum erkläre ich dir das eigentlich?»

«Weil ich nicht der neue Mieter bin», gestand ich.

«Bist du etwa ein Bulle?»

«Komm schon. Grad noch hast du mich für einen aus dem Saxerriet gehalten. Ich bin der Abwart von der Genossenschaftssiedlung Moorgarten. Ein Freund von mir wird verdächtigt, den Holliger umgelegt zu haben. Er war es aber nicht.»

«Du meinst, die Bullen wollen ihm etwas anhängen?», er nahm einen kräftigen Schluck. «Das kenn ich nur zu gut. Ich war selber sechs Monate drin, wegen einem Bruch, den ich nicht gemacht habe.» Er schüttelte sein Bier. Schien nicht mehr viel drin zu sein.

«Noch eins?»

Er nickte. Ich holte das Bier.

«Der Holliger und der Hugo waren so», sagte er, als ich es vor ihn hinstellte. Er streckte den Zeige- und Mittelfinger der rechten Hand aus, wie eine Pistole, nur dass der Daumen angewinkelt blieb.

«Sie waren zusammen im Saxerriet, sagst du?»

Er zischte die zweite Dose auf, sah mich an und grinste dann.

«Bei aller Sympathie, Mann, diese Infos kann ich dir nicht für ein paar Büchsen Bier geben.»

Schnelle Auffassungsgabe, der Junge. Jahre auf der Strasse schärfen den Geschäftssinn. Ich zog das Portemonnaie hervor und legte einen Zwanziger auf den Tisch.

«Ein Pfund? Das reicht für einen Anfang.»

«Dann fang mal an.»

«Eben, der Hugo ist ja der Blockwart und schikaniert einen, wo er kann. Der Holliger war sein Spezi, den kenne ich von der Gasse. Vor etwa zehn Jahren war der noch viel unterwegs. Er hat ab und zu ein bisschen erzählt. Er und der Hugo waren zusammen im Riet. Der Hugo war so ein Rheintaler Rocker, dem es aber nie ganz zu den richtig harten Jungs gereicht hat. Es heisst, er war mal Prospect bei den Angels, aber sie haben ihn nicht genommen. Der Holliger war Junkie. Ziemlich tief unten in der Knasthierarchie. Der Hugo hat auf ihn aufgepasst. Natürlich nicht gratis. Der Holliger hat dem Hugo später draussen immer wieder mal ausgeholfen. Alibis, kleine Sachen auf seine Kappe genommen und so, die beiden sind nach dem Knast in der Stadt gelandet.»

Er nahm wieder einen dieser Schlucke, die einen Drittel des Doseninhalts dezimierten. Ich war immer noch im obersten Drittel und merkte das Bier bereits.

«Der Hugo im Milieu und der Holliger auf der Gasse. So sind sie sich immer wieder begegnet. Der Hugo hat dem Holliger dann das Palazzo vermittelt, als der ganz unten war und beim Sozialamt antraben musste.»

«Hatten sie in letzter Zeit viel miteinander zu tun?»

«Der Hugo und der Holliger? Ja, der Hugo hat ihn ein paarmal besucht diesen Frühling. Und ich glaube ...»

«Was?», fragte ich gespannt.

Mäk grinste. «Du weisst, wie das ist mit dem Glauben. Der ist immer mit einer Kollekte verbunden.»

Ich legte einen weiteren Zwanziger auf den Tisch. Er schlug mir wieder auf die Schulter.

«Du gefällst mir. Ich glaube, der Hugo hat dem Holliger Geld gegeben. Die hatten irgendeinen Deal am Laufen.»

«Wie kommst du darauf?»

«Weil der Holliger plötzlich grosse Schachteln angeschleppt hat. Mit dem Taxi ist er angekommen. Im Keller standen auf einmal Kartons von Fernsehern und Compis. Sogar von so einem Staubsaugroboter.» Mäk lachte.

«Wie kommst du darauf, dass es Hugo war, der Holliger Geld gegeben hat?»

«Weil er doch sonst niemanden hatte. Ich hock ja auch viel daheim. Methi, weisst du. Auf der Gasse darf ich mich nicht rumtreiben, sonst bin ich grad wieder drauf. So hock ich halt draussen oder am Fenster. Ausser dem Hugo hat er niemanden gesehen. Tagelang ist der nicht aus dem Haus vorher. Plötzlich ging er einkaufen. Und zu euch rüber. Zu diesem Wirz. Ich bin auch einmal mit. War aber langweilig. Was will ich mit diesen alten Deppen saufen? Dann schon lieber allein. Der Holliger wollte, dass ich öfter komme. Weiss auch nicht warum. Hab dankend abgelehnt.»

Ich trank selber einen Schluck Bier.

«Ich weiss nämlich nicht, warum ich plötzlich mit ihm saufen gehen sollte. Der Holliger war eine ziemliche Ratte, hat sich gross aufgeführt und für was Besseres gehalten, weil der Capo sein Knastspezi war. Wenn ihm etwas nicht passte, drohte er, einen rausschmeissen zu lassen.»

Mäk schaute einen Moment nachdenklich durch die Scheibe des Kebabstandes. «Weisst du, mit wem der Hugo auch im Saxerriet war? Als er noch ein junger Schnaufer war?»

Ich schüttelte den Kopf.
«Für ein Pfund sag ich es dir.»
«Danke, ich glaube, ich hab genug für heute. Ich melde mich, wenn ich es wissen muss. Ich bin ja kein Bankomat.»
Mäk lachte. «Wie du willst, Alter, wie du willst.» Er kippte das Bier. «Ich muss ohnehin weiter. Man sieht sich.»
«Man sieht sich. Und danke.»
«Kein Problem.»

## *15. Kapitel*

Wider besseres Wissen trank ich das Bier aus und ging zum Polizeiposten hinüber. Winterhalder war hinter dem Schalter.

«Edi», begrüsste er mich. «Das ist ja allerhand, was da läuft in eurem Fall. Glaubst du wirklich, dass es der Schwartz war?»

«Wenn er es war, wird man es ihm kaum nachweisen können.»

«Ich glaube nicht, dass er es war. Der Schwartz macht sich doch nicht selber die Hände dreckig. Was soll der mit einem wie dem Holliger für Kritze gehabt haben? Der kann ihm doch nichts.» Er schüttelte den Kopf. «Aber was führt dich zu uns?»

«Ist Sandra da?»

«Ja, sie ist hinten, warum?»

«Mir ist das Velo geklaut worden.»

«Schon wieder? Schliess es halt besser ab. Komm.» Er öffnete das Kontor, liess mich durch und klopfte an den Türrahmen von Sandras Büro, das offen stand.

«Sandra, dem Edi ist das Velo geklaut worden.»

Sie kam hinter dem Schreibtisch hervor und sah mich missmutig an.

«Komm rein», sagte sie barsch, schob mich ins Zimmer und schloss die Tür. Sie stellte sich mit dem Rücken zum Schreibtisch.

«Was willst du hier?», zischte sie. «Du kannst hier nicht einfach reinspazieren.»

«Ich brauche etwas von dir.»

Sie schnaubte. «Ja klar. Wieso kämst du sonst? Seit Tagen hast du dich nicht mehr gemeldet.»

«Das ist jetzt aber nicht fair», protestierte ich. «Du wolltest doch vorher nie, dass ich dich anrufe.»

«Es ist aber nicht mehr vorher.» Sie runzelte die Stirn. «Du hast ja eine Fahne. Du hast um diese Zeit schon Bier getrunken?»

«Ich musste. Hör zu. Ich hab eine Spur. Du hast doch die Akte vom Schwartz angefordert. Darf ich die noch einmal ansehen? Dazu bräuchte ich noch die vom Holliger und die vom Hugo.»

Sie stützte die Arme in die Hüften. «Sonst geht es dir gut?»

«Es kann den Durchbruch bedeuten.»

«So wie unsere Tour nach Fläsch und deine grandiosen nummerierten Etiketten? Hör doch auf. Es ist alles für die Katz.»

«Komm jetzt, du kannst doch nicht einfach aufgeben. Wir sind kurz vor dem Ziel. Ich hab es dir doch versprochen. Wir lösen den Fall.»

«Wenn ich alles hätte, was mir Männer schon versprochen haben …», seufzte sie.

«Bitte, Sandra. Mich regt das auf. Langsam verstehe ich Stahl, mit seinen Geständnissen. Du weisst, wie schwierig es ist, jemandem ein Verbrechen nachzuweisen. Fast unmöglich. Der Schwartz ist fein raus, während wir dastehen wie die Esel.»

Ich erzählte ihr, was ich von Mäk erfahren hatte. «Ich vermute, dass Hugo auch mit Schwartz gesessen hat. Die drei kennen sich schon lange. Wir müssen ihre Geschichte anschauen. Ich bin sicher, wir finden irgendetwas.»

Sie sah mich stirnrunzelnd an. «Die Akten kann ich runterladen. Rausgeben kann ich sie nicht, und wenn du stundenlang hier herumhockst, fällt das auch auf. Ich kann die Arbeit jedoch nach Hause nehmen. Aktenwälzen am Feierabend, das kommt immer wieder mal vor.»

«Genauso wie es vorkommt, dass es einer deiner Verehrer, dem du immer die kalte Schulter zeigst, es nicht mehr aushält vor Sehnsucht und bei dir auf der Matte steht.»

«Kalte Schulter? Ist das das Einzige, was du von mir gespürt hast in letzter Zeit?» Immerhin grinste sie wieder.

Ich verliess das Büro.

«So schnell fertig?», staunte Winterhalder.

«Mir ist plötzlich eingefallen, dass ich es zum Mech gebracht habe», sagte ich. «Bei all der Aufregung hab ich das glatt vergessen.»

«Du bist mir einer», schmunzelte Winterhalder, und ich machte, dass ich fortkam. Im Magazin schlief ich mein Vormittagsräuschchen aus, ehe ich mich an die Treppenhäuser machte.

Kurz nach halb acht liess mich Sandra herein. Die Akten lagen auf ihrem kleinen Esstisch. Wir studierten sie, notierten uns Daten.

Es war die Geschichte von zwei kleinen Gaunern. Und einem grossen.

Was Mäk erzählt hatte, kam hin. Der Mann, mit dem Hugo im Saxerriet war, war natürlich Schwartz. Es war sein letzter Knastaufenthalt gewesen, Anfang der achtziger Jahre, und Hugos erster in einem richtigen Gefängnis. Schwere Körperverletzung. Eine Abrechnung unter Rockern, die ausgeartet war. Ein Zivilist war schwerverletzt liegen geblieben. Hugo kam zu Schwartz in die Zelle und wusste sich anscheinend nützlich zu machen. Auf alle Fälle tauchte er wenige Jahre später, nachdem er es im Rheintal mit zu vielen Leuten verscherzt hatte, in Zürich auf, wo Schwartz zu der Zeit damit beschäftigt war, sein Milieu-Imperium zu verteidigen. Er konnte einen ergebenen Soldaten brauchen. Hugo landete dann wieder im Knast, wo er den Holliger traf.

Das war zwar alles schön und gut, aber es half uns nicht weiter. Dass die drei sich kannten, war nicht weiter erstaunlich. Der entscheidende Hinweis, auf den ich gehofft hatte, fehlte. Sandra sagte es zwar nicht, aber es war klar, dass ich sie enttäuscht hatte. Ein weiteres uneingelöstes Versprechen. Ich fürchtete, dass sie mich rauswerfen würde. Doch ich durfte bleiben.

Wir spülten unseren Frust mit Bier runter und gingen dann ins Schlafzimmer, damit der Abend nicht ganz trübe ausging.

## *16. Kapitel*

Während Sandra am Morgen duschte, räumte ich die Akten vom Tisch. Beiläufig warf ich noch mal einen Blick auf die Papiere. Da sah ich es.

«Sandra», rief ich, als sie, nur mit einem Frotteetuch um die Hüften aus dem Bad kam. «Komm her.»

«Was ist?», fragte sie, «keine blöden Spiele, Edi. Spontaneität und so ist ja schön und gut, aber ich muss zur Arbeit.»

«Nein, komm her. Schau dir das an!»

Widerwillig kam sie an den Tisch. Ich zeigte auf die Personalien von Hugo, die oben rechts auf dem Deckblatt seiner Akte standen. «Schau dir das Geburtsdatum von Hugo an.»

Sie runzelte die Stirn.

«Er wurde dieses Jahr fünfzig, na und?»

«Schau es dir genau an.»

«Das ist doch … ach du Scheisse.»

«Du sagst es.»

Hugo war an dem Tag, an dem Holliger erschlagen wurde, fünfzig geworden.

Ich blätterte eine Seite weiter.

«Hier, er ist in Jenins in der Bündner Herrschaft aufgewachsen. Ich vermute, dass Schwartz ihm den Fläscher zum fünfzigsten Geburtstag geschenkt hat.»

Sandra, die immer noch neben mir stand und sich auf meine Schulter abgestützt hatte, stiess sich ab.

«Gut möglich. Meiner Meinung nach hast du recht. Es würde auch erklären, warum Schwartz nicht sagt, wem er die Flasche geschenkt hat. Knastcode. Man verrät keinen.» Sie wandte sich ab und ging Richtung Zimmer. «Leider nützt es uns nicht. Sie werden es niemals zugeben.»

«Das werden wir ja sehen.»

«Was hast du vor?», fragte sie, als sie wenig später in Uniform aus dem Schlafzimmer kam.

«Frag besser nicht. Ich will keine grossen Versprechungen mehr machen und dich auf keinen Fall mit reinziehen, wenn es schiefgeht.»

Sie sah mir in die Augen. «Mach keinen Scheiss, Edi. Hörst du?»

«Ich versuch's», sagte ich.

Sie küsste mich innig.

«Das gefällt mir, wie du nicht lockerlässt. Weisst du?»

Zurück in der Siedlung läutete ich bei Marko. Ich hatte Glück. Er war zu Hause. Er bat mich herein und bot mir einen Kaffee an. Seine Frau kochte ihn. Schnaps gab es heut keinen.

«Marko», sagte ich. «Die Stimme, die du gehört hast, könnte das der Hugo gewesen sein.»

«Wer ist Hugo?»

«Der Typ mit dem Roller und dem Rossschwanz. Der Verwalter vom Sozialblock.»

«Das Arschloch? Weiss ich nicht genau. Kann aber schon sein.»

«Hat er so gesprochen?» Ich versuchte, Hugos Rheintaler Dialekt nachzumachen.

Marko lachte. «Ja, ich glaube schon. Doch, er hat so komisch gesprochen. Nicht wie die Leute hier.»

«Marko, du musst mit mir mitkommen und sagen, dass du sicher bist, dass es Hugo war, den du gehört hast.»

Markos Miene verfinsterte sich. «Edi, ich hab dir gesagt, ich rede nicht mit der Polizei, und ich zeige niemanden an. Nicht mal diesen Kerl.»

«Wir gehen nicht zur Polizei. Wir gehen zu Herrn Schwartz. Du musst niemanden anzeigen. Du bist die einzige Chance, die Georg hat. Du bringst niemanden in den Knast, du holst jemanden raus.»

Marko sah mir in die Augen. «Wir gehen wirklich nicht zur Polizei?»

«Nein.»

«Jetzt nicht und später nicht?»

«Nein, ich verspreche es.»

Er seufzte. «Also gut. Ich tue es. Für Georg. Der arme Kerl hat genug durchgemacht.»

Marko zog sich an. Wir fuhren mit seinem BMW zum Büro von Schwartz. Die Sekretärin versuchte uns abzuwimmeln, und dabei wurde es so laut, dass Schwartz von allein aus seinem Büro kam.

«Herrgottsdonner, was ist denn hier los?», schimpfte er. Als er mich erblickte, verfinsterte sich seine Miene noch weiter.

«Was wollen denn Sie hier. Verschwinden Sie, oder ich rufe die Polizei.»

«Dort könnten wir auch hin», sagte ich. «Mein Nachbar, Herr Stipanovic hat in der Tatnacht etwas gehört.» Schwartz runzelte die Stirn. «Ich wollte, dass er es zuerst Ihnen erzählt, bevor wir zur Polizei rennen.»

«Warum das denn?»

«Geben Sie uns fünf Minuten, Herr Schwartz. Was riskieren Sie dabei?»

«Von mir aus, fünf Minuten.»

Er bat uns in sein protziges Büro. Auf der Stirnseite stand ein riesiger Schreibtisch aus dunklem Holz. Davor lag ein bordeauxroter Teppich. An den Wänden hingen Ölgemälde. Wir setzten uns auf die Besuchersessel.

Marko sagte, was ich ihm eingeschärft hatte. Er hatte in jener Nacht die Stimme von Hugo erkannt. Seinen Rheintalerdialekt. Gehört, wie Hugo sich mit Holliger gestritten hat.

«Warum kommen Sie erst jetzt damit?»

«Ich war auf der Arbeit, als die Polizei da war. Niemand hat mich danach gefragt.»

«Kommen Sie, Herr Schwartz. Machen Sie kein Theater. Sie haben dem Hugo den Fläscher geschenkt. Zum fünfzigsten Geburtstag. Sie haben ihn zu sich eingeladen und das Geschenk überreicht. Ein besonderer Tropfen aus seiner Heimat.»

Schwartz lächelte, sagte aber nichts.

«Die Gemeindeversammlung ist in zwei Tagen. Wenn Herr Stepanovic zur Polizei geht, wird Hugo verhaftet, das ist Ihnen klar. Die Sache wird morgen in allen Zeitungen stehen. Dann können Sie Ihr Projekt begraben. Alle wissen, dass Hugo Ihr Mann ist. Ich weiss nicht, was Hugo und Holliger für Streit miteinander hatten, aber

Streit hatten sie. Hugo hat Holliger mit dem Fläscher erschlagen. Wenn Sie ihn decken, sitzen Sie mittendrin im Schlamassel.»

Schwartz sah eine Weile vom einen zum anderen. «Die Chancen für das Projekt sind ohnehin gesunken, nach all den Skandalen.»

Er pokerte.

«Möglich. Ich würde sagen, es steht jetzt mehr oder weniger unentschieden.»

«Wenn ich nun der Polizei sagen würde, ich wüsste wieder, dass ich Hugo die Flasche gegeben habe, können Sie mir dann garantieren, dass ich aus dem Fall raus bin, egal was der Hugo erzählt? Können Sie dafür sorgen, dass sein Geschwätz nicht nach draussen dringt?»

«An was für Geschwätz denken Sie?»

Schwarz lehnte sich in seinem Sessel zurück. «Nehmen wir mal an, rein hypothetisch, ich habe Hugo die Flasche gegeben und melde das der Polizei. Dann wird er wahrscheinlich behaupten, er hätte in meinem Auftrag gehandelt. Das ist natürlich Blödsinn, aber wie der Herr Hauswart richtig sagt, die Abstimmung ist in zwei Tagen. Wenn jetzt also Hugo behauptet, ich hätte ihm Geld gegeben, damit er dafür sorgt, dass die Siedlung Moorgarten ein wenig ins Zwielicht gerät. Ein paar Säufer, die sich dort einnisten und Stunk machen, ein paar kleine Brüche, das wäre ja denkbar, dass er so etwas behauptet. Weiter könnte es sein, dass er behauptet, er habe das delegiert an den Holliger und weil dieser nicht vorwärtsgemacht habe, habe es Streit gegeben. Ich selber hätte ihn an seinem Geburtstag noch ermahnt, mit der Sache müsse es vorwärtsgehen. Ich wolle etwas sehen für mein Geld. Das wäre doch eine bäumige Ausrede für ihn und ein gefundenes Fressen für die Presse. Der ganze Dreck bliebe an mir hängen, und ich könnte mein Projekt endgültig begraben. Sehen Sie, das ist mein Problem. Wenn ich den Hugo der Polizei ausliefere, also immer noch rein hypothetisch, würde mich das nur tiefer mit reinziehen.»

«Es stünde Aussage gegen Aussage. Ich nehme nicht an, dass Hugo Beweise hat», sagte ich ruhig. Innerlich regte es mich grässlich auf, dass Schwartz sich so prächtig absichern und den Kopf aus der Schlinge ziehen konnte. Eigentlich war er der Schuldige, und er würde davonkommen. Doch für mich zählte nur, Georgs Unschuld beweisen zu können.

«Was nützen mir Beweise? Bis der Prozess stattfindet, ist die Gemeindeversammlung längst vorbei. Mir würde es nur etwas nützen, wenn er als Einzeltäter dasteht. Abrechnung unter Knastbrüdern, verstehen Sie? Etwas anderes darf nicht in die Zeitung kommen.»

«Das sollte machbar sein», sagte ich.

Schwartz lachte.

«Dann bringen Sie mir den Mann her, der das arrangieren kann. Sie können das gewiss nicht. Wenn einer diesen Deal einfädeln kann, dann ist es Stahl.»

«Dann bitten wir ihn doch her.»

Schwartz schaute auf die Uhr. «Ich bin bis Mittag da. Ihre fünf Minuten sind schon lange um.»

Damit stand er auf und brachte uns zur Tür. Wir traten vor das Gebäude.

«Ich rede nicht mit der Polizei», sagte Marko noch einmal.

«Das brauchst du auch nicht. Danke, Marko. Ich glaube, es hat funktioniert.»

Ich rief Sandra an. «Komm bitte mit Stahl ins Büro von Schwartz. Er will eine Aussage machen.»

«Bist du ganz sicher?»

«Ja, ihm bleibt eigentlich nichts anderes übrig.»

Stahl rauschte eine Dreiviertelstunde später auf seiner Harley an. Sandra sass hinten drauf.

«Da bin ich ja gespannt», sagte Stahl, und wir gingen ins Büro von Schwartz hinauf.

Schwartz nannte noch einmal seine Bedingungen, unter denen er aussagen würde, dass er Hugo an jenem Abend die Flasche geschenkt hatte.

«Wie gesagt, wenn übermorgen, am Tag der Gemeindeversammlung, in der Zeitung steht, dass der Täter gefasst wurde, muss da auch stehen, dass es eine Abrechnung unter alten Knastbrüdern war.»

Stahl grinste.

«Ich kann nicht bestimmen, was in der Zeitung steht, aber ich kann schauen, dass nichts nach aussen dringt, bis die Versammlung durch ist.»

Schwartz lachte.

«Natürlich können Sie das, Herr Stahl. Und wie Sie das können. Diese Claudia Egger bekommt doch auch sonst einen Primeur nach dem anderen. Wenn Sie sie dafür flachlegen müssen, ist das nicht mein Problem.»

Stahl wollte etwas erwidern.

«Bitte, Herr Stahl, wo wir doch gerade ehrlich miteinander sind. Verderben Sie das Vertrauen nicht. Ich weiss über Sie Bescheid und ich kann es beweisen. Sie sind nicht eben vorsichtig.»

Stahl sah ihn an. Die beiden grossen Männer, der Alte und der Junge standen sich kampfbereit gegenüber. Zwei Alphamännchen, die noch nicht wussten, ob sie sich an die Kehle sollten.

Schwartz wies mit dem Kinn auf Sandra. «Vielleicht sollten Sie Ihre Gspusis lieber in den eigenen Reihen suchen. Weniger Risiko. Die halten schön dicht.»

Sandra wurde tatsächlich rot. Schwartz lachte. «Ich sage doch, dass ich informiert bin.»

Stahls mächtiger Kiefer mahlte. Er schaute Schwartz in die Augen.

«Also gut», sagte er endlich. «Deal.»

Er streckte die Hand aus.

«Deal», Schwartz schlug ein.

«Sehen Sie die Aussage als gemacht an. Ich komme sie unterschreiben, sobald der Artikel erschienen ist.»

«Sie sind ein schlauer Fuchs», brummte Stahl anerkennend.

Hugo wurde eine Stunde später in seiner Wohnung verhaftet. Zuerst stritt er alles ab. Er habe die Flasche unterwegs verloren. Stahl liess seine Magie spielen. Morgens um drei Uhr gestand Hugo. Er erzählte genau das, was Schwartz vorausgesagt hatte. Irgendwie ging dieser Teil des Protokolls später verloren. Schwartz gewinnt, schien das Motto dieser Ermittlungen zu sein. So sehr mich das aufregte, so wenig konnte ich dagegen unternehmen. Die Welt ist ungerecht, das wusste ich bereits.

Um Claudia nicht zu verbrennen, lud Stahl morgens um halb vier per Mail zu einer Pressekonferenz um halb zehn Uhr. Man sah ihm nicht an, dass er kaum geschlafen hatte. Er konnte die Lösung des Tötungsdeliktes im Moorgarten präsentieren. Der Täter hatte gestanden. Es war der Verwalter von dem Sozialblock. Ein alter Knastbruder des Toten, die beiden seien sich über eine Nichtigkeit in die Haare geraten, und der Streit sei eskaliert. Die ganze Geschichte hatte nichts mit dem Tatort zu tun. Der verdächtige Anwohner sei auf freien Fuss gesetzt worden. Die Lokalradios berichteten schon am Mittag. *Blick am Abend* war die erste Zeitung. Was wohl Claudia Egger dazu meinte? Es war auf alle Fälle nicht sie, die in *20Minuten* darüber berichtete. Schwartz war noch am Abend vorbeigekommen und hatte seine Aussage unterschrieben.

## Epilog

Die Gemeindeversammlung war eine der bestbesuchten, die es je gegeben hatte. Es ging ziemlich hoch her. Die Abstimmung war knapp. 53 Prozent stimmten für das Genossenschaftsprojekt.

Nach der Versammlung fiel mir Bütikofer um den Hals. Er bot mir sofort den Job in der neuen Siedlung an.

«Sie wären der Chef, hätten Ihre eigene kleine Truppe und natürlich eine grössere Wohnung und mehr Lohn.»

«Nein», sagte ich. «Ich bleibe lieber im Moorgarten. Jetzt, wo alles wieder gut ist. Aber ich danke Ihnen für das Angebot.»

«Wissen Sie», sagte Bütikofer. «Ich habe gewusst, dass Sie so reagieren würden.»

«Ich hoffe, Sie haben es mir nicht nur deshalb angeboten.»

Bütikofer wurde rot und war froh, als ihn Claudia Egger am Ärmel zog, um ihn zu interviewen.

Georg Wirz war nach der Entlassung aus der U-Haft direkt in die Klinik zurückgegangen. Er wollte es noch einmal versuchen mit dem Entzug.

Nach der Versammlung sassen viele Leute von der Siedlung draussen an den Picknicktischen und feierten.

Ich brachte Dieter die Flasche Fläscher, die mir Andrin geschenkt hatte.

«Hier», sagte ich. «Ohne dich wäre es heute anders ausgegangen.»

Er war erst mal sprachlos.

«Ach ja? Und was ist mit mir?», fragte Sina beleidigt.

«Was soll das heissen, was hast du mit der Geschichte zu tun?», fragte Helen verwundert.

«Nichts», sagte Sina kleinlaut.

«Willst du nicht mit uns essen?», fragte Helen.

«Danke, ich bin schon verabredet.»

«Mit deinem Schatz, der Bullenfrau?», rief der dicke Toni, der ein wenig abseits gestanden hatte.

«Mit wem sonst?», Noah zuckte die Schultern.

«O Mann», sagte Luca. «Hast du wirklich keine andere finden können?»

«Nein», sagte ich. «Zum Glück nicht.»

Ich kam drei Tage nicht nach Hause.

Stephan Pörtner, lebt als Schriftsteller und Übersetzer in Zürich, wo seine fünf Krimis mit Köbi Robert, dem Detektiv wider Willen, spielen. Der letzte, «Stirb, schöner Engel», erschien im Frühling 2011 im Bilgerverlag und wurde mit dem Zürcher Krimipreis ausgezeichnet. Er ist der Autor der im Herbst 2012 erschienen Geschichtensammlung «Bin gleich zurück. Komisches aus dem Leben von Beat Schlatter».

Für das Tagblatt der Stadt Zürich schrieb er bisher drei Fortsetzungskrimis, daneben Hörspiele und eine Kolumne.

ISBN 978-3-03774-056-9
1. Auflage 2013


Herausgegeben von
Wohnbaugenossenschaften Schweiz,
dem Verband der gemeinnützigen Wohnbauträger

Coverillustration und Covergestaltung:
Laura Jurt
www.laurajurt.ch
Gestaltung:
Bon Bon Büro
www.bonbonbuero.de
Druck und Bindung:
CPI BOOKS,
Ebner & Spiegel, D-Ulm

www.applausverlag.ch
www.wbg-schweiz.ch